Oscar Bestsellers

PIERRE BOTTERO è nato nel 1964 ed è morto prematuramente in un incidente stradale nel 2009. Viveva in Provenza, regione che amava per il sole, il maestrale e le cicale. Prima di dedicarsi totalmente alla scrittura ha lavorato per molti anni come insegnante. Grande appassionato di fantasy, ha sempre sognato universi paralleli, draghi e creature mostruose.

PIERRE BOTTERO

LEGGERA COME I SOGNI

Traduzione di Simona Mazzoli

OSCAR MONDADORI

Titolo dell'opera originale *Zouck*

Prima edizione Junior Gaia febbraio 2012
Prima edizione Oscar Bestsellers giugno 2015

ISBN 978-88-04-65462-9

Questo volume è stato stampato
presso ELCOGRAF S.p.A.
Stabilimento di Cles (TN)
Stampato in Italia. Printed in Italy

Leggera come i sogni

Ricordi...

La gente si affolla, compatta, sui marciapiedi del centro in questo primo vero week-end estivo. Un miscuglio colorato di turisti frettolosi, studenti che recuperano le energie tra un esame e l'altro, famiglie con borse e passeggini e persone, come me, che si accontentano di gironzolare senza una meta.

Ma l'indolenza non è ammessa. Non oggi. Ho un appuntamento, devo sbrigarmi a raggiungere la piazza con i giardinetti, ma il tempo è così bello...

Non riesco a trattenere un sorriso immaginando la predica che mi toccherà sorbire da Maiwenn. Lei, che non rispetta mai gli orari, si aspetta da me una puntualità assolu...

Mi blocco come inchiodata al suolo.

Incapace di distogliere lo sguardo dalla ragazza che avanza verso di me.

È ancora a dieci metri di distanza eppure, anche da laggiù, ammanta di un velo opaco il mondo attorno a sé, sbriciolando il mio recente equilibrio, attirandomi a lei come la fiamma viva incanta la falena.

Prima registro la curva del suo gracile collo che si

spezza sul delicato osso della clavicola, la punta sporgente della spalla un tempo arrotondata, poi i miei occhi passano molto rapidamente a cercare le braccia, la vita, le caviglie.

Per avere conferma di ciò che la mia anima ha già capito.

Nel mio petto, un orologio impazzito si mette a battere colpi forti e dolorosi.

Sofferenza, eppure anche...

Lei indossa un top bianco e dei jeans troppo larghi. Esageratamente larghi. Tutti i vestiti sono sempre troppo larghi per lei.

Zigomi pronunciati, guance scavate, enormi occhi di un azzurro slavato che le divorano il viso. Arriva alla mia altezza e io mi siedo, anzi mi accascio su una panchina, incapace di sostenere la visione della sua fragilità.

Della sua bellezza.

È un uccello morente, più vicina a spiccare il volo di quanto io non lo sia mai stata. Sento un dolore.

Uno squarcio.

Una ferita mai rimarginata.

La ragazza si è allontanata. Percorre la strada buia oltre le parole, una strada di cui raggiungerà presto l'estremità.

I battiti del mio cuore rallentano, il mio respiro torna regolare.

Mi appoggio con la schiena alla panchina e chiudo gli occhi.

Ricordi...

Capitolo 1

Fantastico!

Ero riuscita a coprire il tragitto dalla fermata dell'autobus alla scala della scuola senza mai appoggiare il piede sulle linee fra le lastre del marciapiede!

La mia suola non aveva calpestato neppure una sola volta la breve riga nemica! Una bella vittoria, considerato che mi ero lanciata in questa incredibile sfida solo cinque giorni prima, senza concedermi alcuna preparazione fisica o morale.

Era un lunedì mattina, un lunedì di settembre, il cielo era blu, il vento leggero e, a voler attribuire un qualche significato benaugurale all'impresa in cui ero riuscita, la giornata che stava cominciando prometteva troppo bene. Una giornata perfetta per prendere decisioni!

Ops! Ecco, chissà che idea vi state facendo di me. Penserete di avere a che fare con qualche fanatica, con una seguace della divinazione attraverso i tarocchi o con un'esperta di astrologia congolese. Mi immaginerete vestita di un sari giallo ricamato con i simboli della cabala, la testa persa tra i fumi dell'incenso e le pupille dilatate...

Eh no, niente di tutto ciò! Ma proprio per niente: assolutamente no! Sono una liceale normale con le preoccupazioni della maggior parte delle ragazze della mia età: lo studio, la danza, i ragazzi, la famiglia. Non per forza in quest'ordine.

Se dovessi fare una classifica delle priorità, al primo posto ci sarebbe la danza; su questo non si discute.

Come seconda... come seconda... non lo so. A rischio di sembrarvi abulica (ho fatto la mia bella figura con questo aggettivo, no?), credo che metterei le altre tre cose alla pari, con un distinguo per i risultati scolastici: sono determinata a intascare la maturità al primo colpo, ma i buoni voti mi servono più per la serenità familiare che per il mio equilibrio personale. Questo non impedisce alla maggioranza dei miei professori di considerarmi un'allieva promettente.

Sono normale, quindi, e proprio per niente abulica (che significa "irresoluta, incapace di prendere decisioni"...). So quello che voglio e ho anche la fama di essere una micidiale testarda quando non l'ottengo. Un giudizio probabilmente esagerato, condiviso da persone gelose o troppo severe. (Ogni somiglianza tra questa descrizione e mia sorella o i miei genitori è assolutamente intenzionale.)

Detto questo, è vero che sono normale, ma mi guardo bene dall'essere banale. Io rivendico le mie particolarità. Proprio così!

Camminare per quasi ottocento metri rifiutandosi di calpestare le giunture tra le lastre del marciapiede non è cosa comune, va riconosciuto. Così come va riconosciuta la mia passione divorante per la danza, soprattutto quella classica (non me ne vogliano i rapper o gli altri ballerini hip hop). Certo, effettivamente la danza e la fissa dei lastricati sono due cose ben diverse. E se interpreterei volentieri *Giselle* sotto le luci della ribalta, non sono altrettanto disposta a rivelare al mondo intero la mia fobia per le scanalature del suolo...

Eppure ero fiera di essere riuscita nella mia impresa. Non quanto del mio otto in russo, ma quasi. Come vi confidavo poco fa, avevo la sensazione che quel successo (l'impresa del marciapiede, non l'otto in russo) meritasse qualche importante decisione da parte mia.

Però mi conosco: le mie decisioni lasciano molto spesso il tempo che trovano. Allora ho pensato di prenderne qualcuna in più del necessario, nel caso in cui una o due si perdessero per la strada...

La Decisione con la D maiuscola mi è venuta in mente in modo del tutto spontaneo mentre posavo il piede sul primo gradino dello scalone monumentale che porta alla scuola: tre piroette sulle punte a danza classica! Mi sono data quindici giorni per riuscire a fare le tre piroette, cominciando da quelle *en dehors*. Quanto a quelle *en dedans*, vedremo più avanti.

Secondo gradino: attirare l'attenzione di Antoine! Cosa tutt'altro che scontata, ma visto che in fin dei conti tra una decisione e un desiderio c'è poca differenza...

Terzo gradino: perdere quei due chili superflui che si credono a casa loro sulla mia pancia e sulle mie guance! Da notare che le prime due decisioni dipendono da quest'ultima.

Persa nei miei pensieri, non salivo le scale molto

in fretta, ma l'idea che a ogni gradino corrispondesse una decisione era troppo seducente per una persona come me, affascinata dalle righe sui marciapiedi. Ho così continuato a procedere a passi da formica verso le altezze del liceo.

Quarto gradino: dire addio alla Nutella! Avrei dovuto mettere questa decisione prima di quella precedente...

Quinto gradino: diventare così irresistibilmente adorabile da far sì che i miei genitori non possano più vietarmi quel cellulare che da secoli li supplico di regalarmi!

Sesto gradino: impegnarmi per danzare meglio di Anna e diventare la cocca di Bérénice al posto suo!

Settimo gradino: applicarmi di più in economia! Almeno fare un piccolo sforzo...

Ottavo gradino:...

«Ehi, mi sembri il gobbo di Notre Dame! Gli scalini sono più alti del solito?»

Ho alzato la testa. Maiwenn.

Ho pronunciato in silenzio l'ultima decisione, pur consapevole di andare oltre ogni immaginazione: diventare bella come Maiwenn!

Maiwenn è mia amica. La mia migliore amica. Lo è da quando ci conosciamo, ovvero dall'inizio della prima liceo, poco più di due anni fa. Ha due gambe incredibilmente lunghe e affusolate, una figura che valorizza la stupenda sagoma dei fianchi, un seno perfetto e, a coronare il tutto, un viso d'angelo con due occhi azzurri capaci di infliggere le peggiori pene d'amore anche al seduttore più incallito. E sorvolo sui dettagli: la pelle morbida e abbronzata che non conosce il significato della parola "acne", i capelli così belli che può permettersi di tingerli di rosso e di pettinarli tutti sparati in aria senza che perdano il loro splendore, le mani, le unghie... Stop! Maiwenn è mia amica e io non sono gelosa...

Non troppo, almeno.

«Ti alleni per le Olimpiadi?» ha proseguito indicando con un cenno del mento gli otto gradini che avevo appena salito.

Ho deciso di cambiare argomento. Maiwenn ha un'ironia pungente e io non avevo voglia di farne le spese.

«Per il telefonino non c'è ancora verso di convincerli!»

Maiwenn ha avuto la delicatezza di non insistere sulla mia performance atletica delle scale e ha affrontato il tema spinoso del cellulare irraggiungibile.

«Gli hai esposto tutti i buoni motivi che avevamo pensato insieme?»

«Tutti!»

Maiwenn è la mia personal trainer nelle negoziazioni familiari. La maggior parte delle volte i suoi consigli sono efficaci e danno rapidamente buoni frutti. Quanto al cellulare, però, era stato come parlare con il muro. Il muro dell'incomunicabilità!

Incoraggiata dalla mia amica, avevo tentato di tutto: i ragionamenti e la logica, le suppliche, la negoziazione e altro ancora. Avevo citato l'aspetto pratico e rassicurante dell'oggetto, l'esclusione sociale di cui sarei stata vittima se ne fossi rimasta sprovvista; avevo promesso di non sforare il budget mensile e, se avessero ceduto, mi impegnavo a mettere in ordine la mia camera tutti i giorni. Benché fossi consapevole di avventurarmi sul terreno minato delle promesse impossibili da mantenere, avevo perfino giurato di non litigare più con mia sorella... Mi ero scontrata con un muro di gomma! Nell'atrio del liceo c'è un telefono pubblico che funziona con la carta, Bérénice può mettermi a disposizione il telefono del suo studio e visto che quando non sono al liceo o alla scuola di danza sono a casa, un cellulare non mi serve. Punto e basta.

Ho raccontato tutto a Maiwenn mentre imboccavamo il corridoio che porta all'aula di matematica.

«Hai qualche altra idea?» le ho domandato speranzosa.

«Comprati un walkie-talkie.»

La battuta mi ha lasciata di sasso.

Reazione opposta di Maiwenn, che è scoppiata a ridere e poi mi ha scrollata per una spalla.

«Dai, sorridi, Zouck! Era solo una battuta! Ce la possiamo fare, vedrai che ce l'avrai il tuo cellulare!»

Zouck sono io. In realtà è il mio soprannome. Lo usano le mie amiche e Bérénice, la maestra di danza. Per tutti gli altri sono Anouck, anche se tra i miei antenati non ci sono degli eschimesi, almeno non che io sappia. Anouck Angelotti. Nessun inuit in famiglia, dunque, ma dei nonni nati in Italia; da qui il mio cognome e la mia passione per la cucina napoletana. Ed ecco il mio stato civile completo.

Ho tenuto il muso per quattordici secondi d'orologio e poi, visto che avevo già fatto abbastanza scena, ho cambiato argomento.

«Sei sempre convinta di provare danza classica, stasera?»

«Certo. Adoro la danza jazz, ma la mia mancanza di basi comincia a farsi sentire troppo. Tu sei un'amica gentile ed educata e non me l'hai mai fatto notare, però te ne sarai accorta, no?»

«Un po' sì, è vero, ma...»

«Ma cosa?»

Per un attimo ho esitato, poi mi sono buttata.

«È che l'abbigliamento da danza...»

«Che cos'ha di sbagliato il mio abbigliamento? In borsa ho tutto quello che serve a una ballerina: il body, le scarpette e, visto che difficilmente Bérénice mi farà andare sulle punte prima di un paio di secoli...»

«Il fatto è che...»

«Sì?»

«Devi anche farti lo chignon» le ho detto mentre contemplavo la sua chioma leonina.

Maiwenn è scoppiata nella sua tipica risata allegra.

«Non preoccuparti, Zouck. Se proprio è obbligatorio, sono capace anch'io di farmi una pettinatura come si deve. E tu mi puoi sempre dare una mano se non ci riesco, va bene?»

Maiwenn possiede la qualità, anzi più che la qualità, il dono, il potere di dispensare gioia a chi le sta vicino. Quella sera saremmo andate insieme a danza e quando siamo entrate nell'aula di matematica ero troppo felice, anche senza cellulare.

A lezione mi sono seduta accanto a lei. Da due anni facevamo danza jazz insieme e, qualche giorno prima, Maiwenn aveva deciso di iscriversi al corso di classica.

Vedendola stiracchiarsi svogliatamente sulla sedia,

mi sono ripetuta per la millesima volta che il suo corpo era disegnato per la danza, un tratteggio di curve morbide e armoniose. Ma a danza classica avrebbe sputato sangue. Maiwenn odia le regole e le costrizioni. *Ogni* regola e *ogni* costrizione. Di Bérénice conosceva solo il lato umano da maestra di danza moderna e persino in quella veste la trovava alle volte un po' troppo severa. Quella sera avrebbe avuto una bella sorpresa...

«*Psss*... Zouck, hai fatto gli esercizi di economia?»

Era una domanda retorica e non mi sono neppure presa la briga di risponderle.

«Me li passi?»

Un'altra domanda retorica. Ho preso la mia cartellina, da cui ho estratto il foglio che mi aveva chiesto. Di fronte a noi, il professor Forgelli proseguiva la sua dimostrazione alla lavagna senza preoccuparsi della totale mancanza di interesse dei suoi allievi.

«Non pensi che qualche volta potresti arrangiarti da sola?»

Non volevo farle una predica e neppure sembrare egoista, ma ho sempre il timore che le mie compagne mi usino come la secchiona sfornacompiti. Mi è già successo, e scoprire che gli altri ti sfruttano solo per il proprio tornaconto personale è un sacco deprimente. Con Maiwenn non correvo questo rischio, ma i riflessi condizionati sono duri a morire...

«Non ho avuto tempo.»

«Ma senti questa! Cosa cavolo hai combinato ieri sera?»

«Ho passato metà della notte a chattare su internet. Sai, sul sito che ti ho detto. Ho incontrato un tipo strafigo. Vent'anni, un metro e ottantacinque, fa l'istruttore di snowboard d'inverno e di sub in estate, è al secondo anno di Giurisprudenza, ha un look da sballo...»

«Ti ha mandato una foto via e-mail?»

«No. Per ora abbiamo solo un po' chiacchierato in chat. Avevo le dita in fiamme a forza di pigiare sui tasti!»

L'ho fissata per tentare di vedere se mi stava raccontando delle balle, ma Maiwenn era curva sul foglio che le avevo passato e non si capiva.

«Sei fuori di testa!» ho esclamato. «Non sai niente di...»

«Angelotti, per cortesia!»

Mettiamo le cose in chiaro. Sono una brava studentessa. Non eccezionale né particolarmente brillante, ma una brava studentessa. I motivi sono tre. Non ho problemi a capire le lezioni, i miei genitori insistono molto (talvolta fin troppo) sul successo scolastico e a scuola mi metto davvero sotto. Non sono una secchiona, ma studio con più regolarità di molte mie compagne; soprattutto, durante le lezioni sono una delle poche ragazze capaci di stare in silenzio per un'ora ad ascoltare il prof. Sul fronte delle chiacchiere mi manca quindi la pratica e di conseguenza anche la necessaria discrezione. Quando chiacchiero, mi beccano subito!

Il professor Forgelli, rianimato dalle mie esclamazioni, era uscito dal suo stato di trance matematico. Per qualche secondo è rimasto tra noi mortali, giusto il tempo di dispensarmi un vago sguardo di rimprovero, poi si è rituffato nel suo mondo di numeri, formule e teoremi.

Accanto a me, Maiwenn ridacchiava piano.

Capitolo 2

«Sei proprio scema! Sui tuoi siti di chat si incontrano solo degli svitati, degli squilibrati, dei maniaci. Il tuo istruttore di snowboard è sicuramente un...»

«Un vecchio bavoso e pervertito, lo so!»

Erano quasi le cinque e mezzo, camminavamo ad andatura veloce sul marciapiede verso la scuola di danza ed ero così fuori di me che non prestavo più la minima attenzione alle linee scure del lastricato. Maiwenn invece era rilassatissima.

«Non farti dei problemi, Zouck, è stato per scherzare. Non ci siamo dati nessun appuntamento e non ha neppure il mio indirizzo.»

«Lo spero bene!»

Maiwenn è scoppiata a ridere.

«Gli ho confidato che sono una donna sola, senza impegni, e che sogno avventure sentimentali con strascichi piccanti. Che aspetto il buon samaritano...»

«È completamente assurdo!»

La mia reazione non esprimeva davvero i miei sentimenti. Non avevo mai chattato su internet e non sarei mai stata capace di raccontare delle balle, soprattutto così maliziose, a uno sconosciuto, ma trovavo la situazione più intrigante che assurda. La spigliatezza, la leggerezza di Maiwenn... mi sconcertavano. Ma di certo non potevo confessarle la mia ammirazione. Allora mi limitavo a recitare la parte della custode della moralità, un ruolo che non mi si addiceva per niente.

«Non più assurdo di tante altre cose, Zouck. Piantala di voler sempre inquadrare la gente in qualche schema, nei *tuoi* schemi. Forse non mi piazzo come te tra i primi della classe, però non sono neppure una ritardata. Okay?»

Ho capito di averla ferita. Perché trasmetto sempre un'immagine di me così distaccata, come se mi sentissi la depositaria di qualche certezza assoluta? Per la miseria, Maiwenn! Se tu sapessi quanto invidio te e i tuoi brutti voti...

«Sì, lo so» ho esordito sfoderando il più gentile dei miei sorrisi «ho solo paura che...»

«Io non ho paura! Non ho male! Non ho freddo!» mi ha interrotta Maiwenn raddrizzando le spalle e assumendo un'aria marziale.

«Però...» ho cercato comunque di dire.

«Fine della discussione!» ha ribattuto. «E adesso sotto con gli *arabesques*, i *demi-pliés* e i salti del gatto. O dell'elefante...»

È riuscita a farsi lo chignon. Incredibile ma vero! D'improvviso non assomigliava più a quelle tipe stilose delle riviste di gossip, ma a una vera ballerina. Diavolo di una Maiwenn!

Nonostante la maggior parte delle ragazze di classica ballino con lei anche nel corso di danza jazz, il suo arrivo a lezione ha creato un gelo che mi ha fatto sorridere. A jazz la moda richiede delle tenute informali del tipo pantaloncini e maglietta oppure pantaloni della tuta e maglione di lana quando fa freddo. Look comodo è la parola d'ordine.

A danza classica è tutto diverso. Questo è il regno dell'apparenza. Non si sfugge ai severi canoni della perfezione fisica. Body aderenti, scaldacuore in maglina, chignon d'ordinanza: ogni cosa contribuisce a valorizzare la snellezza del corpo, le forme longilinee, le linee pulite. E quindi anche a instaurare tra noi una competitività non proprio sana...

La vista di Maiwenn che si infilava il body era in grado di turbare anche le più sicure del gruppo. E sarà pure stata la mia migliore amica, ma io stessa ho provato un pizzico di gelosia scoprendone il fisico così snello. Nella mia testa la decisione numero tre è passata in cima alle mie priorità. Dovevo occuparmi seriamente della mia linea.

Bérénice ci ha accolte annunciando l'imminente visita del suo vecchio maestro di danza, Alonzo Perez. Era stato un ballerino dell'Opéra di Parigi e, prima di aprire una celebre scuola, aveva calcato tutti i palcoscenici internazionali. Si era ritirato da alcuni anni, ma Bérénice lo ammirava ancora tantissimo e il passaggio di Perez nella nostra scuola la metteva in grande agitazione.

Ci ha parlato per un bel pezzo di lui, insistendo sulla sua carriera e sulle sue straordinarie qualità. Poi ci siamo messe al lavoro e quando, terminato il riscaldamento alla sbarra, ci siamo spostate al centro della sala per esercitarci sugli *assemblés battus*, ancora una volta ho scordato ogni cosa. Maiwenn, la sua chat e il suo chignon, Bérénice e il suo maestro, il mio sogno di avere il cellulare, i miei genitori e la scuola...

La musica era un'onda che mi sollevava. Sempre più in alto. Mi sentivo leggera, quasi eterea. Avevo la sensazione che i miei gesti potessero affinarsi fino a diventare perfetti, che il concetto stesso di armonia fosse alla mia portata. A ogni movimento mi alleggerivo dal peso di qualche problema, di qualche risentimento; tutto il mio essere era in equilibrio, pronto a spiccare il volo... Nemmeno una volta durante i miei sei anni di pianoforte ho provato una sensazione simile. Non m'interessa suonare un pezzo; la musica da sola non mi emoziona davvero. È quando si trasforma in danza che mi sconvolge. L'alchimia magica di suono e movimento fa oltrepassare all'uomo i confini dell'umano...

La lezione è durata un'ora e mezzo, ma per me potevano essere passati tre secoli; ero disconnessa dal mondo e dal tempo. Le indicazioni di Bérénice non interferivano con la mia sensazione di benessere, anzi, semmai la rafforzavano, dandomi ancora più slancio. Ero straordinariamente felice.

«Allora, come sono andata?»

Mi sono sentita arrossire. Non avevo degnato Maiwenn di un solo sguardo!

«Sei stata bravissima» ho mentito.

«Lo dici sul serio? Mi sembrava di muovermi come un ippopotamo e Bérénice non ha mai smesso di urlarmi dietro...»

«Benvenuta nel mondo della danza classica! Sei sempre decisa ad andare avanti?»

«Ancora di più, Zouck! Mi do un mese di tempo per arrivare al tuo livello e altri due per far mangiare la polvere a tutte le allieve di classica!»

Maiwenn scherzava solo in parte e io mi sono chiesta se fosse veramente capace di riuscire nell'impresa. Sarebbe stato un po' offensivo.

Ho guardato l'orologio.

«Le sette e un quarto! Mi devo sbrigare. Mio padre mi starà già aspettando.»

Maiwenn ha alzato gli occhi al cielo.

«Non c'è il coprifuoco! Potrà anche aspettare due minuti, no?»

«Sbagliato, cara la mia *étoile* della danza! A casa Angelotti si cena alle sette e mezzo in punto. È un rito a prova di bomba! Ci vediamo domani, okay?»

«Okay! Ciao, bella!»

Mi sono precipitata giù dalle scale infilandomi il giubbotto e sono corsa fuori. Ho subito individuato la macchina e sono sgusciata dentro.

«Ciao, papà.»

«Ciao, Anouck. Com'è andata la giornata?»

«Una figata. La lezione di Bérénice è stata formidabile. Avremo una visita di Alonzo Perez, il suo vecchio maestro. È una celebrità, sai?»

Papà ha acceso il motore.

«No, non lo sapevo» ha risposto sorridendo.

«In ogni caso, alla sola idea di accoglierlo Bérénice è così eccitata che non si tiene! Sembra considerarlo il migliore ballerino e coreografo di tutti i tempi. Una specie di super-Béjart...»

«Dev'essere un personaggio famoso» mi ha assecondata papà, chissà se per fare dell'ironia oppure no.

«E a scuola? È andato tutto bene?»

«Ma sì, certo.»

Sapevo che avrebbe preferito sentirmi disquisire sulle varie materie, ma non ce la facevo. Gli accordi finali di *Coppélia* risuonavano ancora troppo forti dentro di me perché io potessi essere qualcosa di diverso da una ballerina.

Ho chiuso gli occhi. In macchina regnava il silenzio.

Ho spiccato il volo.

Capitolo 3

Un rito a prova di bomba!

Strano modo di designare un pasto in famiglia, lo so, ma ero piuttosto soddisfatta della definizione. Ci ho ripensato mentre mi lavavo le mani prima di andare a tavola e mi ha fatto sorridere.

Papà è un quadro in una società di import-export e mamma lavora per una compagnia di assicurazioni. Entrambi sono molto occupati, fanno orari impossibili, hanno pesanti responsabilità. Per loro la giornata, non la settimana, dovrebbe essere di trentacinque ore.

Nonostante o forse proprio per questo, ci tengono a mantenere alcuni momenti di unità familiare e quindi viviamo il poco tempo che passiamo insieme in modalità concentrata.

Un concentrato di vita familiare! Ecco un'altra espressione che mi piace molto. Forse dovrei annotare i miei pensieri. Se un giorno diventassi famosa, varrebbero oro.

Passando davanti allo specchio del bagno ho lanciato uno sguardo alla mia immagine riflessa. Avrei fatto meglio a trattenermi. Un grosso brufolo rosso è meno imbarazzante se non sai che ti sta spuntando su una narice...

«Allora, Anouck, la tua giornata?» mi ha chiesto mamma quando mi sono seduta a tavola.

Per tradizione il pasto comincia con la rassegna delle mie attività quotidiane, salvo quando la mia sorellina ha mangiato troppo cioccolato e si accaparra l'attenzione vomitando dappertutto. Ma in fin dei conti non capita troppo spesso.

Non vi ho ancora parlato per bene di Laura. Ha dieci anni e ha appena iniziato la quinta elementare nella stessa scuola che ho frequentato io un secolo fa. Quindi ci separano sette anni ed è la peggiore differenza d'età che ci sia. Se fossimo state più vicine, avremmo giocato insieme, litigato, condiviso un sacco di cose. Con qualche anno di differenza in più, io sarei stata la sorella maggiore oggetto di venerazione e lei sarebbe stata il mio bebè da viziare. Ma sette anni non hanno senso!

Lei tenta stupidamente di imitarmi pur criticandomi sempre e io, da parte mia, in lei non vedo che difetti. Certo, le voglio bene, ma non la sopporto. Probabilmente è per questo che non vi avevo ancora parlato di lei...

«Allora cara, dormi a occhi aperti? La tua giornata?»

«Una figata, mamma.»

«Anouck» è intervenuto papà.

Ecco quella che io chiamo "percezione selettiva delle buone maniere". Qualche minuto prima, in macchina, avevo utilizzato la stessa espressione e lui non aveva fatto una piega. A tavola, invece, non me l'ha lasciata passare.

«Si deve dire che è stata una giornata "piacevole", oppure "grandiosa"» ha rincarato la dose Laura.

Per la miseria! A dieci anni ero anch'io così ottusa e falsa?

«Stai zitta, faccia da topo!» l'ho insultata.

E ovviamente papà è andato su tutte le furie.

«Eh, no! Adesso non cominciate, voi due! Laura, smetti di fare la peste, e tu, Anouck, sii più paziente! Sei la più grande, devi controllarti e non farti coinvolgere in questi litigi ridicoli!»

«Sarebbe più semplice se lei non mi provocasse.»

«Anouck!»

A papà era scappato un urlo che metteva in evidenza il punto esclamativo alla fine della sua frase... La prudenza consigliava di lasciar perdere, e siccome non sono molto coraggiosa, sono rimasta zitta. Però non ho potuto fare a meno di chiedermi come avrebbe reagito Maiwenn al mio posto. Laura si sarebbe beccata un bel ceffone! Io mi sono accontentata di mollarglielo nei miei pensieri...

«Stavamo parlando della tua giornata» mi ha ricordato mamma, che non gradisce quando la discussione prende una brutta piega.

«Non di quella di Laura?» ho chiesto sfoderando un gran sorriso per farmi passare quella spiritosaggine.

«No. Della tua» ha insistito lei. «Laura ha già avuto tutto il tempo di raccontarmi che Lisa non sapeva la lezione di storia, che Benoît si è innamorato di Marie e che Justine ha preso di nuovo il voto migliore della classe nel tema. Non te la caverai così facilmente, adesso tocca a te!»

Allora ho cominciato a parlare di me e intanto ho

afferrato una fetta di pane. Si fa per dire di me, diciamo della parte di me che ha a che fare con i professori, i ripassi e i voti; tutte cose che sono ben lungi dal rappresentare Anouck Angelotti nella sua interezza.

Laura aveva messo il muso e ostentava il suo disinteresse per la conversazione. I nostri sguardi si sono incrociati e, per una frazione di secondo, ho notato nei suoi occhi un velo di tristezza, di cui mi ero già accorta da un po' di tempo. Poi lei ha distolto lo sguardo e io me ne sono dimenticata.

Avevo altre priorità che gli stati d'animo di una marmocchia pestifera e maleducata...

Più tardi, mentre stavo chiudendo il libro d'economia, mamma è entrata in camera mia. Erano quasi le dieci, Laura dormiva da un bel pezzo. Io invece vado a danza quasi tutti i pomeriggi e mi sono presa l'impegno di non rimanere mai indietro con i compiti di scuola. È a questa condizione che ho avuto il via libera per frequentare la scuola di Bérénice tutte le volte che voglio. Talvolta quindi le mie notti sono un po' corte e i risvegli difficili, ma non ho bisogno di molto sonno e in ogni caso, per la danza, sarei capace anche di rimanere in piedi ventisei ore su ventiquattro.

«Non sei stanca?» mi ha chiesto preoccupata mamma.

«No, per niente. Ho finito i compiti.»

Mi ha passato la mano tra i capelli.

«È andata bene a danza?»

«È stato stupendo!» ho esclamato. «Sono riuscita a fare due piroette *en dehors* consecutive. Sulle punte!»

«Ah... ed è difficile?»

«Molto! Insomma... dipende dalla ballerina. Io non ci ero ancora mai riuscita, ma Anna ne fa già tre e a Caroline non manca molto.»

Mamma ha accarezzato pensierosa le mie scarpette appese al gancio accanto all'armadio. Il suo sguardo era perso nel vuoto, ma il viso era illuminato da un sorriso che veniva dal profondo dell'anima. Mi sono resa conto che non sapevo nulla della sua giovinezza, delle sue passioni. Aveva vissuto più a lungo senza di me che con me, doveva pur contare qualcosa...

Ho aperto la bocca per domandarglielo, ma lei mi ha anticipata.

«Ti ricordi ancora il giorno che siamo andate insieme ad acquistare i tuoi primi abiti da ballerina?»

Se me lo ricordavo? Penso che sia stata una delle giornate più straordinarie della mia vita. Un sabato di settembre, poco prima dell'inizio della scuola. Il sole e il caldo lasciavano pensare che l'estate avesse deciso di mettere le radici per sempre, ma i commercianti se ne infischiavano. Le vetrine esponevano le collezioni invernali, mentre la gente in strada portava ancora pantaloncini ed *espadrillas*. Ci faceva ridere, a me e a mamma. Lei era tutta allegra, come sa esserlo qualche volta quando dimentica le sue preoccupazioni. Mi aveva presa a braccetto e parlavamo di mille cose senza importanza, quando mi aveva trascinata in un negozio nascosto sotto i portici della città vecchia. PASSIONE DANZA! Già il nome era una promessa, una finestra che si apriva sopra quel magico universo. Siamo entrate e mamma è scoppiata a ridere. Ho capito solo dopo alcuni minuti che la sua allegria era dovuta alla mia aria radiosa e anche un po' stupida, bisogna ammetterlo. L'espressione di un bambino che entra a casa di Babbo Natale!

Eravamo le sole clienti e mamma aveva deciso di dedicarmi l'intero pomeriggio. Così, prima di decidere cosa prendere mi ero potuta provare diverse marche di scarpette, passare in rassegna decine di body, ascoltare i consigli della commessa, riprovare altre scarpette, guardare altri body. E per tutto quel tempo mamma mi dava consigli, sorrideva, faceva domande e sorrideva, sorrideva ancora.

Se mi ricordavo di quella giornata?

«Se organizzassero le Olimpiadi dei giorni più belli della nostra vita, per me quello vincerebbe la medaglia d'oro!»

Mamma mi ha preso tra le braccia e poi mi ha dato un bacio. Un bacio bello grande.

«Medaglia d'oro anche per me» ha sussurrato. «Adesso è meglio che tu vada a letto. È tardi e domani devi essere in forma. Martedì alla prima ora hai russo, no?»

Esatto.

Capitolo 4

«Non fa l'istruttore di sub.»

Le parole di Maiwenn ci hanno messo qualche secondo prima di raggiungere il mio cervello. A mia discolpa bisogna dire che parlavamo di tutt'altro e che in più ci dovevamo aprire un varco attraverso la ressa dei liceali che stavano uscendo da scuola come noi.

«Chi è che non fa l'istruttore di sub?»

«Be'... Jean-Claude!»

Questa sì che era una risposta chiara!

«Avevo intuito che non stavi parlando di Michael Jackson» l'ho rimbeccata, «ma se ti degnassi di...»

Poi ero ammutolita. Avevo capito.

«Non dirmi che hai chattato di nuovo con il vecchio pervertito!» ho esclamato.

«Non è vecchio e non è un pervertito!»

Maiwenn aveva reagito troppo prontamente, con una veemenza eccessiva. Terreno minato! Sono andata in avanscoperta con precauzione.

«Se non è un istruttore di sub, che cosa fa?»

«Il direttore commerciale.»

«Allora non ha vent'anni...»

«No.»
Ecco. Maiwenn si era pentita di avere affrontato l'argomento con me. Era chiaro. Ho preso la saggia decisione di non insistere, ripromettendomi di tornare alla carica in un momento più adatto.
«Bérénice ci farà provare una nuova sequenza di passi, ti ricordi?»
Un bel sistema per sviare il discorso. Maiwenn ha sorriso e abbiamo parlato di danza jazz fino alla scuola. Mentre mi cambiavo, però, ero in ansia per la mia amica. In quale casino si era andata a ficcare?

«Ragazze! Sabato dovete esserci tutte! Capito?»
Bérénice aveva utilizzato il tono perentorio che usa durante le prove generali, poco prima delle serate di gala. La visita di Alonzo Perez doveva essere tremendamente importante per lei! Io non mi sono sentita chiamata in causa (non perdo mai una lezione) ma in compenso altre ragazze hanno storto il naso. Condividiamo tutte lo stesso amore per la danza però, a parte Anna, la maggior parte di noi non l'ha messa al centro della propria vita ed era chiaro che alcune avevano altri programmi per il sabato.
Maiwenn si è limitata a scrollare le spalle. Se ne avesse avuto voglia sarebbe venuta, ma nessuno poteva obbligarla a fare qualcosa contro la sua volontà, se non con l'intervento armato dei corpi speciali.
«Per me è un onore che Alonzo venga fino a qui» ha ribadito Bérénice, «ma anche per voi è un'occasione insperata. Conta di assistere a un'intera lezione e non mancherà di farvi notare gli errori che mi sfuggono.»

«Ci sono errori che ti sfuggono?» ha fatto finta di stupirsi Maiwenn.

Siamo scoppiate a ridere.

«Questa è una cattiveria...» ha sorriso Bérénice quando ci siamo calmate. «Sono seria, ragazze. Alonzo è conosciuto a livello internazionale per il suo occhio infallibile. Non perdete questa opportunità!»

Si è voltata con una piroetta (sarà capace di camminare come i comuni mortali?) e si è diretta verso l'impianto stereo. La voce roca e suadente di Vanessa Carlton ha riempito la stanza.

«Ai vostri posti! E fatemi la cortesia di tendere quegli adduttori. Voglio vedervi scaldare i muscoli fino a sentirli bruciare ancora prima di cominciare.»

Quando faccio danza jazz, il mio corpo e la mia mente spiccano il volo come quando faccio danza classica, ma vanno in un'altra direzione. Qualcosa di animalesco, di sensuale si innesta sulla sensazione di leggerezza e libertà che mi assale. La differenza è al tempo stesso enorme e infinitesimale. La danza classica è la felicità dell'uccello che spicca il volo, la danza jazz è un mondo che pulsa.

Ho terminato la lezione sfinita e appagata.

Nello spogliatoio, mentre io e Maiwenn ci rivestivamo, ho buttato lì come se niente fosse: «Il tuo Jean-Claude abita in zona?».

Mi ha lanciato uno sguardo sospettoso, ma in fondo sono la sua amica e confidente da anni.

«Sì, è di queste parti.»

«Hai avuto una bella fortuna. Potevi beccare un canadese...»

Avevo fatto un certo sforzo ad articolare la parola

"fortuna", ma non me l'ero cavata poi troppo male. Maiwenn si è degnata di darmi qualche spiegazione.

«Non è fortuna. È un sito dove, quando ti iscrivi, scegli la tua regione. È più pratico per incontrarsi.»

Lo stomaco mi si è stretto in una morsa di gelo.

«Ho capito. E tu l'hai... incontrato?»

«Non ancora.»

Ho aperto la bocca per ribattere, ma Maiwenn è scoppiata a ridere e mi ha preceduta.

«Non preoccuparti, mammina. Ho parlato con lui soltanto due volte, unicamente su internet, e la prima volta è stata l'altro ieri. Non ho nessuna intenzione di conoscerlo sul serio e non corro rischi. Ti sta bene così?»

Difficile insistere dopo una risposta del genere. Eppure la sua risata mi suonava falsa ed ero convinta che un pericoloso tarlo stesse scavando sotto quella capigliatura rossa e leonina, ma non ho avuto il coraggio di affrontarla.

«Mi sta bene. Hai intenzione di seguire la lezione di danza classica sabato?»

Per la miseria! Che codarda...

«Certo! Come resistere al piacere di farsi stroncare da un professionista?»

La sua risata è risuonata di nuovo, questa volta così sincera e spiritosa da farmi pensare che forse mi facevo delle paranoie. Maiwenn era un modello di equilibrio, era indistruttibile. Non sarebbe stato un Jean-Claude qualunque a metterla in pericolo.

Più tardi, mentre la casa si preparava per la notte, mi sono seduta alla mia scrivania e ho lasciato vagare i pensieri alla deriva. Ho riflettuto sulla situazione di Maiwenn, ho esitato se farle o meno una telefonata, poi mi sono decisa a scriverle per aprirmi con lei e confidarle le mie ansie.

Ho strappato una pagina del mio quaderno di matematica, ma le parole che si sono messe a sgorgare dalla mia penna non erano quelle che mi aspettavo. Con un misto di stupore e incanto, ho guardato scorrere le frasi.

Sul tappeto arancione,
danzano ragazze
dagli occhi di carbone
e dal sorriso sornione.
Promesse di angeli,
corpi flessuosi
creano il gesto perfetto
che non sia mai in difetto.

Quella specie di poesia ha prodotto dentro di me una strana eco. Un fugace brivido di piacere, simile a quello che mi assale quando danzo, e mi ha fatto ricordare il mio insegnante di francese di seconda liceo. Aveva tentato con tutti i mezzi di farci amare la letteratura come l'amava lui. Un buco nell'acqua, almeno per quanto riguardava me. Eppure una delle sue frasi doveva avere fatto breccia, perché mi è scaturita da dentro, ardente di un nuovo significato: «Gli scrittori volteggiano in punta di penna; le loro parole sono danze che regalano ai lettori».

Ho ripreso in mano la mia penna e l'ho fatta danzare un'altra volta.

Tre parole hanno preso vita sulla carta.
Tre parole magiche.
Tre parole chiave.

Leggerezza
Eterea
Volare

Mi sono infilata sotto il piumone, colma di una profonda felicità.

Avevo trovato il modo di danzare sui fogli.

Capitolo 5

La settimana è trascorsa senza che riparlassimo di Jean-Claude, anche se mi sono accorta che Maiwenn a volte era assente e meno frizzante del solito. Non sono riuscita a dirottare la conversazione sulla chat e su colui che, nel segreto del mio cuore, avevo soprannominato "il pervertito". Ero sicura che si parlassero ancora, ma Maiwenn aveva messo sotto chiave quella parte della sua vita, e per me era ormai inaccessibile.

Avevamo avuto una serie di compiti in classe che erano andati bene, almeno per me. A giudicare dalla faccia di alcuni compagni, non tutti subivano, in famiglia, la mia stessa pressione per ripassare le lezioni. Io ho portato a casa un otto e mezzo in inglese e, con mia grande sorpresa, papà si è accontentato. Certo, non mi aspettavo che si arrabbiasse per un voto che, in fin dei conti, era il migliore della classe, ma normalmente il suo bisogno di perfezione lo avrebbe portato a recriminare su quel mezzo voto in meno anziché apprezzare un otto e mezzo meritato. In questo caso invece non ha fatto questioni e io ci sono quasi rimasta male. Ehi, ho detto *quasi*!

A parte questi attacchi di indulgenza paterna, gli avvenimenti più significativi della settimana sono successi da Bérénice. La tensione è cresciuta giorno dopo giorno, finché le sue lezioni hanno finito per assomigliare alla preparazione di un commando di parà, e la cosa più divertente (be', proprio divertente non direi...) è stata che, con lo stress che ci ha messo addosso, aspettavamo l'arrivo di Alonzo come se si fosse trattato dei voti di maturità.

Il fatidico sabato infine è arrivato, e mentre salivo le scale della scuola di danza mi sono resa conto del nodo che mi strizzava le viscere. Mi sono imposta di riprendere lentamente fiato e ho aperto la porta, ripetendomi che ero solo una ragazzina sciocca e infantile.

I locali affittati da Bérénice sono situati al primo piano di un vecchio edificio, in centro. Tanto tempo fa dovevano essere stati due o tre appartamenti, ma le pareti divisorie sono state abbattute per creare l'ampia area della sala da danza. È un salone immenso, ovviamente con il pavimento di parquet, molto luminoso, con specchi su tutto il lato lungo. Prima di entrare nello spogliatoio ho sbirciato dentro e ho adocchiato Bérénice che stava discutendo con un uomo appoggiato a un bastone. Il grande Alonzo aveva rispettato il suo impegno. Con il cuore che batteva all'impazzata, mi sono unita alle ragazze.

Che fermento nello spogliatoio! Un rumore impossibile, vestiti dovunque, risate, grida. Una persona estranea al mondo della danza avrebbe stentato a credere di avere davanti una quindicina di ballerine che si stavano preparando per esercitarsi in un silenzio e con una concentrazione pressoché assoluti.

Ho scovato un posto sulla panca e, mescolandomi a quelle chiacchiere sconclusionate, mi sono cambiata. Maiwenn non c'era. Non ne ero particolarmente sorpresa, e neppure dispiaciuta. Forse era meglio così. Se Alonzo Perez era così critico come lasciava supporre la sua reputazione, una ballerina classica come Maiwenn gli avrebbe riservato delle sorprese. In tutti i sensi del termine.

«Ai vostri posti, ragazze!»

Colpo di bacchetta magica e, alle parole di Bérénice, la metamorfosi è avvenuta! Nello spogliatoio è calato bruscamente il silenzio, rotto solo da un ultimo risolino soffocato di Caroline. Bérénice mi è sembrata molto pallida, quasi livida, ma non era il momento di farglielo notare e nessuna si è arrischiata.

«Non voglio sentire una parola durante la lezione.» Bérénice ha scandito con forza le sillabe mentre le sfilavamo davanti. «Conto su di voi!»

Poteva farlo.

Dire che Alonzo Perez ci ha impressionate è riduttivo. Non molto alto, un pizzetto sottile, i capelli bianchi portati abbastanza lunghi e pettinati all'indietro, indossava larghi pantaloni neri di cotone e una tunica di seta dello stesso colore. Stava appoggiato su un bastone e, se non fosse stato per il suo sguardo, sarebbe potuto passare per un vecchio originale e pieno di sé. Gli occhi, di un azzurro molto chiaro, sprigionavano un magnetismo incredibile. Ci ha osservate senza dire una parola e mi ha dato l'impressione di passarci sotto uno scanner.

Quell'uomo decifrava le nostre anime così come leggeva i nostri corpi!

«Signorine, buongiorno.»

La sua voce era calda, intonata, con una vena d'ironia che sottolineava al volo i nostri rispettivi ruoli. Lui era il Maestro e ci aveva concesso l'insigne onore di venire a vederci danzare!

Abbiamo avuto un attimo di esitazione. Dovevamo rispondere? E se sì, che cosa dovevamo dire? Bérénice è passata da livida a rosso porpora. Ci ha guardate con un'espressione che per lei doveva essere eloquente, ma per noi non lo era affatto. Eppure Anna è riuscita a decifrarla.

Si è profusa in un grazioso inchino che noi abbiamo imitato, con più o meno successo. Bérénice, che era in apnea da quando eravamo entrate nella sala, ha inspirato profondamente.

«Anna Edlassile» ha annunciato, cominciando da quella che considerava la più affidabile del gruppo.

Anna ha rinnovato il suo inchino e Alonzo Perez ha fatto un cenno con il capo.

«Caroline Telloc.»

«Aurélie Zenemij.»

«Anouck Angelotti.»

L'ho salutato con tutta la grazia di cui ero capace e sono stata ricompensata con lo stesso cenno del capo, attento e leggermente sdegnoso.

Dopo averci presentate tutte, Bérénice si è diretta verso il mobile basso dove tiene i suoi cd. La sua andatura era un po' incerta, ma si è ripresa in fretta e quando ha parlato la sua voce era ferma e autoritaria come al solito.

«Riscaldamento alla sbarra. Ai vostri posti.»

Ci siamo messe in posizione seguendo un ordine definito da mesi. Anna, ovviamente, a una estremità della sbarra e Caroline all'altra. Sono le più brave della classe e ci servono da modello. Poi è partita la musica e io ho percepito, in senso quasi fisico, che le mie spalle si liberavano di un peso. Tutta la tensione accumulata durante la settimana e che aveva appena raggiunto il culmine è svanita. Non percepivo più la presenza di Alonzo Perez, ballavo...

Bérénice si aggirava tra di noi, correggendo le nostre posizioni con gesti decisi, criticando la nostra postura o, al contrario, approvandola con un leggero cenno della testa. Mi sentivo perfettamente rilassata.

Più tardi Bérénice ci ha chiesto di andare al centro della sala e ci ha fatte esercitare sui *dégagés* e gli adagi per poi passare ai *déboulés*. Abbiamo fatto le diagonali con un ritmo più rapido di quanto eravamo abituate e in un insolito silenzio, dimostrazione che la presenza di Alonzo si faceva comunque sentire. Le critiche di Bérénice scoccavano come frecce alla ricerca del loro bersaglio e nessuna di noi è stata risparmiata. A più riprese ci ha interrotte per chiarire ciò che si aspettava, chiedendo poi ad Anna di dimostrare che la spiegazione era stata capita.

Bérénice è una maestra esigente, questo l'ho già detto, ma quel giorno si è rivelata pignola, non ha tollerato nessun errore, neppure il più insignificante.

La cosa non mi ha disturbata. Volteggiavo, librandomi in aria verso quei vertici di armonia che mi sono accessibili solo quando danzo. Ero felice come tutte le volte che sono su quel parquet.

Bérénice non ha fatto eccezioni alla tradizione di concludere sempre le sue lezioni di danza classica con una serie di salti; prima abbiamo attraversato la sala in *sissonnes* e poi in *grands jetés*. Alla fine ci ha ringraziate e si è voltata verso Alonzo Perez.

Il Maestro aveva un sorriso sibillino, che si è accentuato quando l'abbiamo salutato.

«Signorine, grazie, siete state perfette.»

Maiwenn gli avrebbe dato sicuramente del falso, però lei non c'era e la sua parte era troppo difficile da interpretare per noi. Alonso Perez si è guadagnato una nuova serie di inchini e poi siamo uscite dalla sala.

Appena chiusa la porta dello spogliatoio, un boato! Abbiamo cominciato a parlare tutte insieme (sarebbe più esatto dire a blaterare) scambiandoci le nostre impressioni, i commenti, le supposizioni. Senza prestare davvero ascolto le une alle altre, ben inteso! Io non ero da meno, anche se fluttuavo ancora sulla mia nuvoletta personale.

Mi accingevo a ripensare allo sguardo di Perez, quando mi sono accorta che avevo dimenticato il mio scaldacuore in salone. È una cosa che mi capita regolarmente e per la quale le mie compagne mi prendono sempre in giro: dopo ogni lezione, io continuo a danzare ancora per un po' nella mia testa e, finché non ho rimesso i piedi per terra, non riesco a prestare attenzione alle futili cose materiali...

Sono uscita dallo spogliatoio. Il salone è alla fine del

corridoio e, se ho sorpreso la conversazione di Bérénice e Alonso Perez, è stato più per eccesso di discrezione che per invadenza.

Sapevo che sarebbero stati intenti a discutere e non volevo disturbarli. Sono sgusciata fino alla porta ma, quando stavo per oltrepassare la soglia, una frase mi ha inchiodata sul posto e non ho potuto fare a meno di ascoltare.

«Ha veramente un talento speciale» ha detto Bérénice.

«È vero» ha convenuto Alonzo «ha un collo del piede perfetto e si muove con la fluidità delle vere ballerine. Perché non si è mai candidata per l'Opéra?»

Ci separava solo lo spessore della parete e le loro parole mi arrivavano all'orecchio senza incontrare ostacoli, attraverso la porta aperta. Ho sentito che stavo arrossendo. Di chi parlavano?

«Forse ha paura della lontananza» ha ipotizzato Bérénice. «Frequentare la scuola dell'Opéra significa vivere nel convitto. Non è una decisione che le famiglie prendono volentieri.»

«È un peccato. Quella ragazza ha un vero potenziale e, anche se le tue lezioni sono di altissimo livello, avrebbe tutto da guadagnare a danzare con ballerini suoi pari.»

«Lo so, ma i suoi genitori non sono d'accordo.»

«Hai provato a convincerli?»

«No. L'avrei fatto volentieri, ma Anna non vuole.»

Anna! Era ovvio che parlassero di Anna! Che stupido film mi ero fatta?

Adesso dovevo entrare o andarmene, ma quella situazione non poteva durare ancora. Non era nel mio carattere mettermi a spiare e non osavo immaginare la reazione di Bérénice se mi avesse sorpresa.

Ho deciso di farmi vedere. Ho fatto un bel respiro, ho raddrizzato la schiena... Ma non ho avuto il tempo di muovermi.

«E Anouck?» ha proseguito Bérénice. «Che cosa ne pensa di lei?»

«Anouck?»

«Sì, alla sbarra era la seconda dopo Anna. Ha un sorriso meraviglioso mentre danza.»

«Ah sì, ho capito di chi stai parlando. È vero, ha un bel sorriso, ma finisce lì! Un bel sorriso. Ha le gambe corte e almeno cinque chili di troppo sul sedere: è questo che le impedisce di muoversi correttamente.»

«Lei è troppo duro!» ha esclamato Bérénice. «È vero, Anouck è un po' insaccata, ma ha una buona tecnica e raramente ho avuto un'allieva così contenta di ballare.»

Alonzo Perez ha fatto una risatina.

«Non sono duro. Esigente e perfezionista sì, ma duro no! Come studentessa di liceo quella ragazza va benissimo, ma come ballerina è troppo grassa. La forma fisica prevale sulla tecnica o sul piacere di danzare, non puoi sostenere il contrario. Chiaramente a lei non lo direi mai, ma non vedo perché dovrei nascondere a te quello che penso.»

Ogni parola era stata una pugnalata. Sono barcollata all'indietro, boccheggiando disperatamente alla ricerca di un po' d'aria che non arrivava più ai miei polmoni, finché sono inciampata contro una sedia e mi ci sono lasciata cadere.

Lo sapete cosa prova un uccello colpito dagli spari del cacciatore, quando il suo corpo trafitto da mille ferite non gli risponde più, quando le sue piume strappate dai pallini volteggiano in aria attorno a lui, quando le sue ali spezzate penzolano giù, ormai inutili?

Soffre.

Soffre e cade a terra.

Capitolo 6

«Io me ne frego di Perez! Me ne frego! Me ne frego e… me ne strafrego!»

Ero in camera mia, nuda in piedi di fronte allo specchio, e mi esaminavo senza benevolenza. Per di più parlavo da sola, segno che avevo un bel volermene fregare: le parole di quell'imbecille pretenzioso di un nanerottolo che sembrava il nonno puffo con il bastone mi avevano ferita. Profondamente!

Nonostante facessi danza e desiderassi essere alta e sottile, non avevo mai veramente dedicato un'attenzione maniacale al mio fisico. Ero consapevole di essere, come la maggioranza delle mie amiche, una via di mezzo tra una strafiga e una sfigata. In definitiva, forse un pelo più vicina alla sfigata che alla strafiga, ma non si poteva dire brutta. Diciamo normale… Niente di cui esaltarsi troppo, ma neanche da nascondersi in fondo a un armadio.

Peccato che queste riflessioni appartenessero ormai al passato!

Dopo la lezione con Perez le cose erano cambiate. Ho cominciato a fare un check-up completo di me stessa.

Il viso. Normale. D'accordo, due guance piene, ma non paffute. Capelli piuttosto carini, né secchi né grassi, perfetti da pettinare.

Il busto. Più che soddisfacente. Ho il seno piccolo e ne sono felicissima. Peggio per gli amanti dei seni pompati stile omino Michelin. Io ho il vantaggio di riuscire a correre senza prendermi uno strappo ai pettorali ogni tre passi. E di riuscire a dormire sulla pancia!

Guardando più in giù... Ho fatto una smorfia. Iniziavano le note dolenti.

Con Bérénice è impossibile non avere la pancia ricoperta di addominali. Ne ho da vendere, ma non si vedono. Ho avvolto il metro attorno alla vita e ho guardato che numero risultava. Sì, certo, non erano misure da Marilyn Monroe, comunque non erano neppure un disastro: un pensiero carico d'odio è andato ad Alonzo Perez, che mi stava rovinando il week-end.

Ancora più in giù, poi... Nella mia famiglia le donne sono robuste. Questo ci conferisce un certo fascino, una mescolanza di rusticità e femminilità che, pur mancando di erotismo, ci caratterizza per... Poche balle! Ho il sedere grosso. Impossibile sostenere il contrario.

Ho palpato quella massa colpevole. Voluminosa ma soda. Però, quando dico "voluminosa", sono severa. Sarebbe più giusto dire "pienotta" o "cicciottella". Oppure "rotondetta". Ho comunque dimenticato di misurare la circonferenza dei fianchi.

«Me ne frego! Io sono come sono, e la sua opinione non ha nessuna importanza. Ipocrita sdolcinato, incompetente e narcisista. Me ne frego di lui e di tutti i suoi commenti!»

Ho infilato la camicia da notte e mi sono messa a letto. Il sonno ha tardato a venire.

La domenica è stata contrassegnata da due spiacevoli incidenti.

Per prima cosa un litigio con Laura. Il centonovantaquattresimo dalla ripresa della scuola. Cercavo il mio cd di Isabelle Boulay da mezz'ora quando mi è venuto in mente che forse poteva essere nella camera accanto. Quest'idea si è trasformata presto in certezza e avevo già stretto i pugni quando mi sono introdotta nella caverna di mia sorella.

Se ho detto "caverna", non è stato per evitare la ripetizione della parola "camera", ma proprio perché mia sorella dorme in un'infame cloaca. Come chiamare diversamente una stanza addobbata con i poster di quei cosiddetti cantanti che hanno avuto la fortuna di non essere stati "nominati"? In un angolo giacevano delle Barbie sfigurate dalle avversità della vita e dagli attacchi di collera di mia sorella, ammucchiate sopra una pila di inutili giochi di società. La scrivania seppellita sotto decine di assurde riviste, un copriletto orrendo con stampato sopra un Titti così mostruoso da far venire gli incubi a Hannibal Lecter e, sul copriletto, lei: Laura.

«Potresti anche bussare; questo non è un porto di mare!»

Sono andata dritta al punto.

«Fuori il mio cd di Isabelle Boulay e di corsa, se non vuoi che ti stacchi un orecchio!»

Laura ha esitato un attimo e questo mi ha convinta definitivamente che fosse stata proprio lei a fregarmelo. Prima è stata sul punto di sostenere il contrario, poi ha soppesato i pro e i contro della situazione e alla fine ci ha ripensato. Ha rovistato in un cassetto e mi ha allungato la custodia di plastica sulla quale la grande Isabelle sembrava rivolgere una supplica al cielo.

«Tieni, eccolo il tuo cd! Tanto, fa schifo.»

«Questa, mia cara, è la tua opinione e io me ne strafrego. Detto questo, ti avviso: se entri ancora in camera mia, è guerra! E se guerra sarà, io ti massacrerò!»

Ero abbastanza orgogliosa della mia risposta, eppure Laura non mi è parsa particolarmente spaventata. Ha alzato le spalle.

«Non mi fai paura, brutta cicciona!»

Ho avuto un sussulto. Le mie guance si sono infiammate e sono stata presa da una terribile voglia di strangolarla. Ovvio, mi sono trattenuta. D'altronde, non avevo scelta: le sue parole avevano talmente centrato il bersaglio che il cuore aveva saltato uno o due battiti e le gambe mi erano diventate improvvisamente di pastafrolla. Ero fuori combattimento e non avrei avuto la forza di stringerle il collo con sufficiente violenza. Sarebbe sopravvissuta...

Ho detto *due* incidenti? Il secondo è successo durante la cena.

Mamma, che da un po' di tempo si era lanciata nella cucina italiana, aveva preparato per noi un menu tipico con cannelloni, insalata caprese, e come dessert il tiramisù. Ora, io adoro i cannelloni, anzi, "adorare" è una parola che non rende abbastanza bene la mia passione divorante (è proprio il caso di dirlo) per quei deliziosi rotoli di pasta farciti. Dev'essere una questione genetica, non vedo altra spiegazione.

Eppure questa volta la magia dei cannelloni non ha funzionato. Guardavo quella stupida pasta che giaceva nel mio piatto chiedendomi cosa ci facesse lì. Mi sembrava tutto fuorché appetitosa. Evidentemente il sugo che insozzava la bocca e le guance di mia sorella era in parte responsabile della mia reazione, o piuttosto della mia perdita di ogni reazione di fronte al piatto. Eppure Laura che mangiava come un maialino non era una novità e, fino a quel momento, la cosa non mi aveva mai fatto passare l'appetito. Soprattutto non di fronte a un piatto di cannelloni! Il motivo era un altro, una strana stanchezza che non era dovuta a nessun virus e di cui quasi non mi rendevo conto. Un po' come una nebbia che avesse preso a salirmi dentro.

«Che succede, Anouck? I cannelloni non ti piacciono più?»

Mamma mi guardava sorpresa. Parlavamo delle vacanze di Natale, che però erano ancora lontane: una conversazione neutra, piuttosto pacata, e mamma si era interrotta per indicare il mio piatto.

«No, cioè sì, ma non ho molta fame.»

«Non starai covando qualcosa? Sei malata?»

«No. Non ho fame. Tutto qui.»

Mamma ha alzato le spalle e tutto sarebbe potuto finire lì se papà non fosse intervenuto.

«Devi mangiare, Anouck. È importante per restare in forma. Come puoi sperare di prendere buoni voti se...»

Sono scoppiata.
Senza avvertimento.
Senza rendermene conto. Senza potermi controllare. Neppure un po'.
«Merda! Merda, merda e ancora merda!»
Mi sono alzata e ho gettato il tovagliolo sul tavolo, rischiando di ribaltare il bicchiere. Il mio sfogo non aveva un senso, ma nella mia testa c'era solo un grande vuoto in cui tutte le altre parole del mio vocabolario erano andate perdute. Dovevano essere annegate tra le lacrime che mi rigavano le guance e mi annebbiavano la vista.
Riuscivo comunque a distinguere l'espressione stupefatta dipinta sul viso dei miei.
Poi ho tagliato la corda.

Forse esagero un po' definendolo un incidente.
Comunque, non eravamo mai andati tanto vicino a un conflitto nucleare in famiglia e la ricaduta radioattiva non avrebbe tardato a depositarsi dalle parti della mia camera.
È quello che mi sono detta mentre, sprofondata nel letto, sono riuscita a riprendere il controllo della mia mente, del mio corpo e di tutto il resto. Mi ero guadagnata la prossima interminabile predica sul rispetto e l'educazione; avrei dovuto scusarmi, spiegare, rassicurare… E il peggio è che me l'ero proprio cercata. Che cosa mi era preso per comportami così?
Ho aspettato un bel pezzo e poi, quando il rumore dei piatti è arrivato fino alle mie orecchie, mi sono detta che forse la terza guerra mondiale non sarebbe scoppiata quel giorno. Non molto serena e un po' imbarazzata, sono tornata in cucina.

Mamma lavava i piatti mentre papà li asciugava. Lui mi ha lanciato uno sguardo enigmatico ma privo di qualsiasi risentimento; lei mi ha rivolto un grande sorriso.

«Va meglio adesso, Anouck?»

Capitolo 7

Lunedì mattina.

Aspettavo Maiwenn davanti alla scuola studiando quella nuova sensazione alla bocca dello stomaco. La fame.

Ero uscita di casa senza fare colazione ed erano quasi ventiquattr'ore che il mio stomaco era vuoto, visto che la sera prima non avevo mangiato, accampando la scusa di uno spaventoso mal di testa.

Stranamente quello che sentivo non aveva niente a che fare con le crisi di ipoglicemia di cui a volte soffrivo, quando davo fondo alle energie. Era una sensazione di leggerezza, quasi un calore, non sgradevole. Ripensavo anche allo sguardo di mio padre, il giorno prima, dopo la mia scenata. Mentre lo incrociavo, la mia vergogna si era trasformata in una strana sensazione fatta di stupore ed esultanza, una sensazione intimamente legata al turbamento che mi rodeva la pancia.

Comunque, non è che per questo sprizzassi gioia da tutti i pori; avevo passato la notte aspettando il momento in cui avrei potuto parlarne con Maiwenn.

Finalmente l'ho vista arrivare, la borsa buttata con noncuranza sulla spalla e la sua andatura sciolta che mieteva vittime, tra gli sguardi di ammirazione dei giovani e dei meno giovani. Quando mi ha individuata, un gran sorriso le ha illuminato la faccia, infiammando attorno a lei alcuni cuori e mandandone in frantumi altri, con un disperato tintinnio. Era radiosa.

Ci siamo abbracciate e le parole mi sono uscite immediatamente di bocca in un imprevisto disordine che dimostrava la mia confusione.

«Maiwenn! Alonzo Perez è stato tremendo, ho detto "merda" davanti a mio padre e non sopporto più mia sorella. Pensi che io sia troppo grassa? Mi sento tutta strana, stanca ma anche...»

«È meraviglioso!»

«Cosa?!» ho urlato, irritata dalla sua indifferenza, però poi ho subito capito.

I suoi occhi azzurri mi guardavano, ma non mi vedevano; il suo sorriso non era destinato a me; Maiwenn non era davvero lì tra noi.

«Zouck» ha ripreso «sono innamorata.»

Per la sorpresa ho dimenticato i miei problemi per concentrarmi sulla mia amica. Non l'avevo mai vista in quello stato. Da quando la conoscevo, era uscita con diversi ragazzi, eppure nessuno dei fortunati prescelti aveva avuto questo effetto su di lei. Viveva quegli incontri con una gioia pacata e, dopo qualche giorno o qualche settimana, rompeva senza rimorsi.

La fiamma che danzava nei suoi occhi era nuova. E ardente!

«Sei innamorata di chi?»

Impossibile non sentire una punta di inquietudine, mentre le facevo questa domanda. Non avevamo più riparlato del pervertito, ma questo non significava che fosse uscito dalla sua vita. A meno che...

«Di Jean-Claude, è chiaro! Sono super, mega, strafelice!»

Le credevo, ma questo non mi impediva di sentire un brivido e di avere una reazione istintiva.

«Più che altro sei suonata!»

Il sorriso di Maiwenn era ancora luminoso e io mi sono risparmiata un bel ceffone sul muso. Si era presa una cotta con i fiocchi...

Mi ha afferrata per il braccio come fa sempre quando vuole convincermi di qualcosa e mi ha trascinata verso il liceo.

«Zouck, ascoltami. Fidati di me ed evita di giudicarmi finché non avrai ascoltato tutta la storia. D'accordo?»

Difficile non acconsentire. Ho fatto segno di sì con la testa e Maiwenn ha cominciato a raccontarmi della sua settimana e del suo week-end.

Era proprio innamorata cotta!

Lei e Jean-Claude erano stati in contatto tutte le sere e per buona parte delle notti attraverso la posta elettronica su internet. Lui le aveva mandato una foto e lei lo aveva trovato attraente. Con il fascino di una bellezza matura, certo (Jean-Claude aveva pur sempre quarant'anni), ma comunque attraente. Si erano confidati l'una all'altro tutte le loro vite, trascinati dalla magia del colpo di fulmine digitale, e quando, il venerdì sera, lui le aveva proposto un appuntamento, lei aveva accettato, seppellendo tutti i suoi timori, le decisioni e ogni capacità di riflessione sotto lo spesso strato di una felicità straripante.

«Mi vede per come sono fatta dentro» ha esclamato. «Non si ferma all'aspetto esteriore come i ragazzi che incrociamo tutti i giorni e che si fissano solo sul mio sedere o sul seno.»

Ho guardato con aria dubbiosa la sua figura slanciata e la faccia d'angelo.

«Vuoi dire che se tu fossi un cesso, lui sarebbe lo stesso attratto dalla tua "bellezza interiore"?»

Non avevo potuto fare a meno di essere sarcastica, ma la sua serenità era a prova di bomba. Si è limitata a fare un sospiro.

«Non capisci. Lui mi vede come una donna.»

«Ho capito, ma... se vogliamo parlare di donne, lui, a quarant'anni, non ha una moglie che lo aspetta a casa?»

«Che assurdità! Certo che no! Abbiamo passato ore a parlare, so tutto di lui, perlomeno le cose più importanti. È direttore commerciale di una grande azienda, lavora molto e non ha mai avuto il tempo di farsi una famiglia.»

«Però ha il tempo di abbordare le ragazze su internet. E poi, anche se gli interessa solo la tua "bellezza interiore", immagino che non abbiate passato tutto il week-end a parlare...»

Maiwenn non mi ha risposto, ma l'improvviso colorito rosa dei suoi zigomi valeva più di tutte le confessioni del mondo. Avrei continuato volentieri ad assillarla, tanto la storia che mi aveva raccontato suonava come una trappola, ma eravamo arrivate di fronte alla nostra aula. Ho avuto appena il tempo di sussurrarle: «Non ti dà fastidio che abbia l'età di tuo padre?».

Maiwenn ha scosso la testa, semplicemente rattristata dalla mia incapacità di comprendere. Poi siamo entrate.

Fino a mezzogiorno non abbiamo più affrontato l'argomento. Era in programma un'importante serie di verifiche e io avevo la ferma intenzione di superarle. Avevo anche paura di insistere troppo con Maiwenn; ero combattuta tra la voglia di scuoterla e la paura di sentirmi respinta.

È stato soltanto quando ci siamo sedute vicine in mensa che abbiamo ripreso la conversazione.

«Non mi capisci, vero, Zouck?»

La cosa era evidente, ma le avevo già gettato in faccia diverse verità scomode e non mi sembrava il caso di proseguire su quella linea.

«Non tanto, è vero. Temo solo che tu ti sbagli, che lui si serva di te, che non sia la persona che ti immagini...»

«No! Tu ti sbagli! Io mi posso fidare di lui!»

«Però le sue prime parole sono state delle bugie. Non ha vent'anni e non è istruttore di sub...»

Maiwenn ha spazzato via le mie obiezioni con un gesto della mano.

«Quando ha capito che tra di noi stava diventando una cosa seria, ha smesso con quelle balle.»

Non avevo più niente da dire e, per dieci minuti, sono stata l'ascoltatrice attenta di cui Maiwenn aveva bisogno per alleggerirsi del fardello di una felicità incontenibile.

Guidata dal suo Jean-Claude, aveva appena compiuto un passo da gigante verso l'età adulta, lasciandosi alle spalle senza rimorsi una parte della sua adolescenza. Certo, era maggiorenne, avevamo festeggiato i suoi diciotto anni tre mesi prima, ma l'età segnata sulla carta d'identità non conta in queste cose e io non riuscivo proprio a condividere la sua gioia. Non perdonavo a quell'uomo di essersi rubato la mia amica, di essersela portata via.

Più tardi Maiwenn mi ha annunciato che, per qualche tempo, avrebbe interrotto danza. I suoi genitori non erano ovviamente al corrente della sua relazione con Jean-Claude e lei aveva intenzione di sfruttare ogni momento per passarlo con lui.

«Mi volevi parlare del famoso Alonzo Perez?» si è ricordata a un certo punto. «Com'è andata sabato? Lui com'era?»

«Boh» ho mentito. «Non uno di cui innamorarsi!»

Maiwenn ha fatto una risatina allegra e abbiamo chiuso lì l'argomento. Poi abbiamo parlato del più e del meno, prima che mi osservasse, stupita.

«Non mangi?»

Mi sono resa conto di aver solo sfiorato con la forchetta quello che avevo nel piatto. Allora la sensazione di fame che era scomparsa è tornata alla carica, contorcendomi lo stomaco.

«No. Questa mattina ho fatto una colazione ultra-abbondante e non l'ho ancora digerita.»

Quella bugia ha calmato il mio male allo stomaco, trasformandolo in una rassicurante certezza. I miei punti di riferimento si disperdevano, ma io stavo bene.

Capitolo 8

Alle cinque siamo uscite dal liceo.

Accanto a me Maiwenn fremeva di impazienza e quella fiamma che la divorava dentro illuminava il suo sguardo di una luce quasi inquietante. Jean-Claude le aveva promesso di aspettarla davanti al portone e pregustare quella gioia la mandava in delirio, proprio lei che fino a quel momento avevo sempre considerato un modello di equilibrio. Oltrepassata la soglia, ha teso il braccio per indicarlo.

«È lui. Laggiù, dentro la macchina bianca. Vuoi che vi presenti?»

Ho seguito con lo sguardo la direzione che indicava il suo dito. Una grande monovolume era parcheggiata sul marciapiede; sul parabrezza posteriore c'era un adesivo che decantava le attrattive di una stazione sciistica. Del conducente riuscivo a intravedere solo una sagoma indistinta, ma un'intonazione insolita nella voce della mia amica mi ha dissuaso dall'avvicinarmi. Nonostante le sue parole, non ci teneva veramente che io lo incontrassi. Quella porzione della sua vita le apparteneva in modo così esclusivo che non tollerava condivisioni.

«No, non oggi. Non voglio arrivare in ritardo da Bérénice. Un'altra volta, va bene?»

Se mi ha onorata di una risposta, io non l'ho sentita. Ha attraversato la strada come se fluttuasse su una nuvola. L'ho guardata infilarsi dentro la macchina. Solo dopo un minuto lungo come un'eternità, quando hanno finito di baciarsi, mi sono resa conto che avevo le mascelle contratte e i pugni stretti.

La monovolume è partita, ha svoltato l'angolo della strada e io me ne sono andata dalla parte opposta. A piedi.

Mi sentivo sola.

«Zouck! Tieni in dentro il sedere!»

Il comando era stato sferzante, urlato con lo stesso tono con cui, qualche secondo prima, Bérénice aveva rimproverato Anna per la posizione del braccio o Caroline per il collo infossato nelle spalle. Quella critica o un'altra equivalente l'avevo già sentita mille volte, ma mai, fino a quel momento, era riuscita a coprire la musica e offuscare il mio piacere di danzare.

L'impatto di quelle parole su di me è stato quasi fisico e il dolore che hanno prodotto concreto. Sono trasalita, ho sbagliato un *battu*, mi sono incasinata con il passo successivo e non sono riuscita a riprendere il ritmo.

Il mio equilibrio si era incrinato.

«Ricominciamo tutto da capo, ragazze!»

Bérénice ha spento l'impianto stereo e si è piazzata di fronte a noi. Di fronte a me.

«Che succede, Zouck? Conosci questa sequenza di passi alla perfezione. Concentrati, per la miseria! *Glissade, saut de chat, détourné, sissonne, assemblé*! E cerca di essere leggera, leggera, leggera...»

Sognavo o il suo sguardo indugiava sui miei fianchi? Mi stavo solo immaginando la smorfia di vago rimprovero che si disegnava sul suo viso? Alonzo Perez l'aveva convinta che ero una cicciona buona a nulla? Prima che potessi pormi altre domande, Bérénice ha fatto una mezza piroetta e gli accordi di *Coppélia* hanno invaso la sala.

«Ai vostri posti. Cinque, sei, sette, otto...»

Lasciandomi trasportare dalla musica, mi sono messa a danzare, tentando di ritrovare quell'armonia benefica che mi aveva sostenuta fino ad allora.

Non ha funzionato.

Per la prima volta da anni, la magia non aveva effetto, l'incantesimo si era rotto. Il cielo mi richiamava ancora a sé, ma il mio corpo era inchiodato a terra.

Non ero più un uccello.

In macchina, mentre tornavo a casa, ho sonnecchiato, oppressa da una spossatezza antica come l'universo. I miei pensieri si avvitavano in una spirale, si scontravano tra loro in una cacofonia mentale e mio padre, con i suoi tentativi di instaurare un dialogo, non aveva speranza di rimetterli in ordine.

Il solo momento positivo della giornata: sedendomi a tavola, ho notato con sorpresa che la mia fame si era attenuata. A metà pomeriggio sarei stata capace di ingoiare un bue, invece a cena mi sono accontentata di un piatto di insalata e di un pezzo di formaggio.

Durante il pasto ho cercato di dirottare la conversazione sulle vacanze di Natale. Fatica sprecata! Mamma aveva letto un articolo sui curricula scolastici dei nostri vari dirigenti politici e voleva soppesare, insieme a me, i pro e i contro di ogni percorso. Ci siamo quindi imbarcate nella traversata del fiume in piena di *grandes écoles*, facoltà, indirizzi e vari percorsi formativi.

Quando, dopo il dolce, avevo finalmente raggiunto l'altra sponda, ero talmente sfinita che l'idea stessa di successo scolastico mi risultava insopportabile.

Avevo l'impressione di essere intrappolata in una tagliola.

Mi sono fatta la doccia provando a tirare le somme del week-end e di quell'inizio settimana.

Una catastrofe! Una marea di problemi e neppure il minimo straccio d'idea per cominciare a risolverne uno. A dire il vero, non ero neanche in grado di riconoscere con esattezza cosa non andava. L'unica certezza era che stava andando tutto in malora.

E che ero stanca.

Molto stanca.

E non stavo bene...

Con un gesto meccanico sono salita sulla bilancia ultrapiatta che troneggia in bella evidenza davanti al portasciugamani del bagno. Il numero che è apparso mi ha fatto aggrottare le sopracciglia. Quell'apparecchio high-tech era affidabile quanto mia sorella... Tanto valeva ripetere l'operazione. Il cursore digitale ha esitato un po' prima di ritornare a zero ma, dopo qualche secondo, lo stesso numero di chili di prima si è visualizzato in verde, strappandomi un sorriso stupefatto.

In due giorni avevo perso novecento grammi.

Quasi un chilo!

Capitolo 9

La mattina seguente, prima di scendere in cucina, ho fatto una deviazione in bagno. La bilancia mi aspettava, sonnacchiosa, al suo posto, e mi strizzava affettuosamente il suo unico occhio verde per convincermi che potevo fidarmi di lei.

Mi sono levata le pantofole, ho tolto la vestaglia e ho messo il piede sulla superficie leggermente granulosa di quella che stava per diventare la mia migliore amica.

Un chilo e due! Un chilo virgola due! Milleduecento grammi!

Avevo continuato a perdere peso mentre dormivo. Penso di non essere mai stata più vicina a credere in un segno del destino, e le preoccupazioni che mi avevano oppressa fino alla sera prima sono diventate improvvisamente insignificanti.

Dopo una rapida doccia mi sono seduta a tavola di fronte a mamma. La colazione era pronta, abbondante e varia come al solito. I miei genitori sono convinti che un primo pasto equilibrato sia indispensabile per affrontare al meglio la giornata, e visto che questa convinzione gli è stata inculcata da eminenti nutrizionisti, io la sottoscrivo di buon grado. Eppure mi sono trattenuta dal gettarmi sulla marmellata o sul miele e mi sono accontentata di una tazza di cereali.

La colazione non fa parte di uno di quei "momenti familiari consacrati al confronto". Per prima cosa perché al mattino siamo un po' tutti annebbiati e ci manca quindi la lucidità; poi perché papà spesso esce di casa addirittura prima che io mi alzi e la sua assenza ci toglie la pedina principale nel gioco della comunicazione obbligatoria.

Anche quel giorno mio padre non c'era, ma comunque, appena seduta, mi sono messa a parlare con mamma. Ci siamo lanciate in una di quelle chiacchierate tanto leggere quanto rare, durante le quali affrontiamo le piccole cose della vita senza toccare il sacrosanto argomento del successo scolastico. Abbiamo parlato del proverbiale caratteraccio della mia nonna materna, abbiamo sorriso ricordando una serie di incidenti che l'hanno contrapposta a papà e siamo scoppiate a ridere immaginandoli costretti a stare gomito a gomito sopra un'isola deserta.

Mamma si stava asciugando le lacrime, quando Laura è entrata in cucina. Avendoci sorprese in un momento di ilarità, sul suo viso è comparso un sorriso.

«Che cosa succede?» ci ha chiesto stupita.

«È una cosa tra Anouck e me» le ha risposto mamma, trattenendo di nuovo le risa. «Non puoi capire se non hai seguito il discorso dall'inizio.»

Il sorriso di Laura si è spento, sostituito dal suo consueto broncio, e lei si è girata per servirsi una tazza di cioccolata calda. Io ne ho approfittato per alzarmi. Il momento sarà stato pure piacevole, ma avevo un autobus da prendere, dovevo ancora vestirmi e controllare le mie cose di scuola.

Mamma mi ha seguita. Ha una relativa libertà nella gestione dei suoi orari, ma senza esagerare.

Laura ci ha lanciato un'occhiata di traverso e io ho alzato le spalle. Non vedo l'ora che cresca e impari a tenere a freno il suo malumore...

Maiwenn è arrivata tardi a lezione. Avevo cincischiato per dieci minuti buoni sul marciapiede di fronte a scuola, ritrovando a poco a poco lo stesso umore nero in cui ero invischiata da alcuni giorni. Poi mi ero decisa a entrare senza di lei.

Ero già convinta che fosse malata, quando Maiwenn ha aperto con una spinta la porta della classe.

L'aspetto fisico non è fondamentale: ciò che conta veramente in una persona riguarda le sue qualità interiori, la sua intelligenza e il suo senso dell'umorismo. Ecco una frase che il novantanove per cento della gente è capace di ripetervi fissandovi dritto negli occhi e con la mano destra posata sul grande libro sacro delle verità assolute.

Senza nessun fremito di imbarazzo di fronte a questa incredibile panzana!

Panzana che l'arrivo di Maiwenn ha miseramente svelato!

Si è scusata con un garbo incredibile e il suo sorriso meraviglioso le è valso la benevolenza del prof d'inglese, che ha fatto cadere nel dimenticatoio ogni improbabile rimprovero.

Un tipo grasso e piccoletto che fosse arrivato in ritardo tutto sudato o un'imbranata qualsiasi che avesse biascicato due mezze parole si sarebbero di certo visti riprendere, ma non Maiwenn. Il professor Ascort è un uomo irreprensibile che io apprezzo e non si è sicuramente reso conto di non essere stato imparziale. È colpa sua se è sensibile al fascino femminile?

Viviamo in un mondo dove l'apparenza è sovrana. Tanto peggio per quelli che sono belli solo dentro. Altrimenti come ci si spiega che un professionista qual è Alonzo Perez si sia focalizzato sul mio sedere e non sul piacere che provo mentre ballo?

«Questa mattina l'ho visto...»

Maiwenn è bella, ma chiacchierona. Si era seduta da appena cinque minuti e già mi parlava all'orecchio.

«Non hai paura che i tuoi genitori lo vengano a sapere?»

Mi aspettavo una valanga di confidenze, invece lei si è limitata a lanciarmi un'occhiata sorpresa, con un'aria di vaga condiscendenza. Si è voltata con un sospiro sdegnoso che mi ha rimessa subito al mio posto: quello di una ragazzina incapace di comprendere la vita sentimentale dei grandi.

Un oltraggio!

Avevo appena subito un oltraggio!

Quell'espressione, di cui avevo cercato il significato poco tempo prima nel dizionario, aveva ora acquisito un esempio concreto di cui avrei fatto volentieri a meno. "Parola, azione, situazione che umilia qualcuno..."

Mi ci è voluto un bel po' di tempo per analizzare le probabili cause di quel comportamento, prima di arrivare a una conclusione ben precisa: innamorarsi rende stupidi, felici o malinconici, se non addirittura le tre cose contemporaneamente. Innamorarsi di un pervertito di quarant'anni rende spocchiose. A quella consapevolezza è seguita una decisione: mi sarei chiarita con Maiwenn e avrei affrontato di petto il problema perché la vera amicizia non deve subire fraintendimenti.

Alla pausa delle dieci, l'ho afferrata per il braccio.

«Sei arrabbiata?»

Lo stupore nei suoi occhi era sincero come il suo sorriso.

«Certo che no, Zouck! Perché me lo chiedi?»

«Non lo so. Ho l'impressione che...»

Il suo sorriso di madreperla mi ha levato le parole di bocca; forse è stato meglio così, visto che non sapevo più cosa dire.

«Zouck, mia cara Zouck, sei proprio impossibile! Piantala di arrovellarti il cervello cercando problemi dove non ce ne sono. La vita è bella, goditela!»

«Forse la *tua* vita è bella» ho ribattuto «ma non è che, solo perché tu sei innamorata, la Terra sia diventata un luogo idilliaco. Milioni di persone continuano a vivere nella miseria, a subire torture, a morire di fame, di sete o di solitudine!»

Avevo concluso il mio sfogo gridando e subito dopo mi sono sentita ridicola. In che cavolo di discorso a sproposito mi ero impelagata? È vero, ero sensibile alle disgrazie dell'umanità, ma in quel preciso istante della carestia in Somalia me ne fregava meno di zero. E forse addirittura meno...

Fortunatamente, Maiwenn ha saputo leggere tra le righe. Mi ha posato una mano sulla spalla.

«Che ti succede, Zouck? Ti sei cacciata nei guai?»

Alle volte basta poco, veramente poco, perché una situazione precipiti in un senso o nell'altro. Ero sul punto di raccontare tutto alla mia amica, di parlarle di quella nuvola scura che ottenebrava la mia vita, di quella sensazione di soffocamento che mi schiacciava. Grazie a lei, sarei uscita dal tunnel, avrei rivisto il sole, avrei...

Le è squillato il telefonino.

Ha lanciato un'occhiata al display e, all'improvviso, io non esistevo più.

Jean-Claude la stava chiamando.

Sono rimasta piantata lì, di fronte a lei come una scema, non per indiscrezione ma perché non sapevo che altro fare. Forse anche perché speravo che riattaccasse, che tornasse da me.

Ha sollevato lo sguardo per mezzo secondo, si è resa conto della mia presenza e mi ha ostentatamente voltato le spalle, sottolineando così la mia invadenza, senza nascondere il suo desiderio di vedermi andare via.

Mi sono sentita più sola che mai.

Maiwenn mi ha raggiunta appena prima che entrassi in classe. Il suo cellulare era tornato nella tasca del giaccone, le brillavano gli occhi, sul viso le era ricomparso il solito sorriso, ma non mi sono fatta illusioni. Maiwenn non era più lei!

Come per dimostrarmelo, non ha tentato di riprendere il filo di quella conversazione che eravamo state sul punto di cominciare. Non se ne ricordava nemmeno? No, non era più lei. Probabilmente era meglio tirare una bella croce sulla nostra amicizia passata. Dovevo proteggere me stessa.

Mi sono comunque seduta vicino a lei, sperando non so quale capovolgimento della situazione senza crederci davvero. Qualcosa si era spezzato. Per coincidenza o a conferma di ciò che intuivo, Maiwenn non ha aperto bocca durante l'intera lezione, completamente immersa in una relazione da cui ero esclusa e che monopolizzava inesorabilmente tutta la sua attenzione.

Ho fatto un respiro profondo e mi sono buttata sui miei esercizi di economia. Non c'è niente come una bella analisi di dati per scordare il tradimento di un'amica. Però una parte della mia mente si è rapidamente disinteressata della fluttuazione del potere di acquisto delle massaie sessantenni per aggrapparsi a una nuova idea: proteggere me stessa.

L'ho considerata in ogni suo aspetto, l'ho analizzata, sezionata fino a trarne una conclusione degna di Cartesio. Se stavo male è perché permettevo agli altri di ferirmi. Alonzo Perez mi aveva ferita, Bérénice mi feriva, i miei genitori mi ferivano e poi Maiwenn, Laura...

Questa cosa doveva finire, dovevo proteggere me stessa!

Maiwenn non ha pranzato a scuola; capita frequentemente ma, per la prima volta, non ha ritenuto necessario avvertirmi. Il giorno prima mi sarei offesa; ora prendevo la cosa con filosofia. O quasi...

Mi sono sistemata in un angolo tranquillo, vicina a degli sconosciuti intenzionati a rimanerlo; un atteggiamento che si adattava perfettamente al mio bisogno di solitudine. Ho mangiucchiato un'insalata, giocherellato con una porzione di gratin che è rimasta nel piatto e ho ingoiato tre cucchiaiate di yogurt.

Mangiare così poco mi ha fatto un sacco bene. Lo stomaco (domato o, meglio, addomesticato) non ha protestato. Al contrario, mi è sembrato che dalla mia pancia partissero delle vibrazioni positive che si diffondevano in tutto il corpo e ho provato un brivido di impazienza immaginando la bilancia che mi attendeva a casa.

Dopo mi sono seduta in cortile, su una panchina al sole, e ho consacrato tutta la mia intelligenza a rispondere a questa domanda: abbiamo bisogno degli altri per essere felici?

Non ho trovato la risposta.

Capitolo 10

Dopo il liceo, sono andata alla scuola di Bérénice. Mentre mi infilavo la mia tenuta da danza e discutevo con Anna, ho gettato uno sguardo alla mia silhouette nello specchio degli spogliatoi.

Una piccola parentesi: gli specchi sono ovviamente indispensabili nella sala dove si balla, ma negli spogliatoi? Non stanno lì unicamente per ricordare a noi, future donne, che l'apparire è la nostra funzione primaria? Per spingerci a conformarci al modello definito dalla moda e fissato dagli ideali dei coreografi? Specchi che servono solo a riflettere i nostri desideri e le nostre fragilità...

Mi sono quindi esaminata e ciò che ho visto mi ha strappato un sorriso soddisfatto. Ero lontana dall'essere magra, anche "snella" era ancora una parola un po' forte, ma era incontestabile che mi ero assottigliata in alcuni punti. Anna sarà pure stata sempre più slanciata di me e di parecchio, però io ero in piena metamorfosi, non ancora farfalla ma neppure più un bruco.

Ho danzato con la solita passione e Bérénice non mi ha rivolto osservazioni scortesi, eppure non ero completamente soddisfatta. Mi rendevo conto che la sensazione di armonia e levità che mi aveva appagata per tanto tempo mentre danzavo era solo un pallido riflesso di ciò che avrei potuto provare davvero.

Liberato dei suoi primi chili superflui, il mio corpo rispondeva con maggiore potenza alle sollecitazioni della mente. Ho saltato meglio e più in alto di quanto non avessi mai fatto, ho piroettato senza sforzo, ho preso audaci rincorse, ma questo era solo l'inizio. Il bello doveva ancora venire.

Se mi fossi davvero alleggerita, se fossi diventata così forte che niente avrebbe più potuto ferirmi, allora sì che avrei potuto davvero danzare.

Dopo la lezione, quando mi sono infilata in macchina accanto a papà, la testa si è messa di colpo a girare. Più che sedermi, sono crollata sul sedile. Mio padre mi ha lanciato un'occhiata preoccupata, però intanto il malore era già passato e io sono riuscita a rassicurarlo senza dovergli dare troppe spiegazioni.

La cena è stata la scena di un nuovo scontro con Laura. Mamma aveva preparato un salmone in crosta ricoperto da una salsa all'acetosella molto appetitosa. Avevo appena cominciato a mangiare, quando mia sorella si è servita una seconda volta, attingendo generosamente dalla salsiera. Il suo gesto mi ha provocato un piacevole conato di vomito.

Lo so, "piacevole" e "conato di vomito" non si sposano molto bene, eppure l'espressione corrisponde esattamente a quello che ho provato. "Conato di vomito" perché trovavo disgustoso ingozzarsi a quel modo; "piacevole" perché l'ingordigia di mia sorella dava lustro alla forza della mia decisione. Ovviamente Laura si è accorta che la stavo osservando e ha reagito senza pensarci un attimo.

«Cos'hai da guardarmi così?»

Parlando ha spruzzato intorno numerosi schizzi all'acetosella e un po' di salsa le è perfino colata lungo il mento, dando il tocco finale al suo aspetto da porcellino.

«Non ti stavo guardando» ho mentito sfoderando il mio migliore sorriso.

«Non è vero» ha gridato. «Mi prendi sempre in giro! Sei un mostro!»

Mi è bastato assumere un'aria di dolorosa sorpresa perché mamma intervenisse.

«Laura, ora basta! Ti comporti in modo stupido. Anouck ha pur sempre il diritto di guardarti senza che tu scatti come se ti aggredisse!»

«Ma lei mi aggredisce davvero, io non ne posso più!»

Gli occhi di mia sorella si erano riempiti di lacrime, però mia madre non si è lasciata commuovere.

«Stai dicendo delle sciocchezze» ha sospirato. «Sarebbe meglio che tu andassi a letto presto questa sera, mi sembri molto stanca...»

«Le date sempre ragione» ha piagnucolato Laura, «siete solo capaci di pensare a...»

«Cambiamo argomento» ha bruscamente tagliato corto papà «o sento che mi arrabbierò!»

Laura ha sprofondato il viso nel piatto e una piccola ondata di gioia, certo meschina, ma molto piacevole, ha lambito i margini del mio ego. Il resto della cena si è svolto in un'atmosfera piuttosto gradevole.

Mia sorella teneva il muso, trasparente; i miei genitori si scambiavano opinioni sul possibile acquisto di una seconda macchina e io, lasciata in pace, sono potuta sprofondare nei miei pensieri senza essere disturbata.

Più tardi, quando sono entrata in bagno, il mio sguardo ha incrociato quello da ciclope della mia amica. Il puntino verde lampeggiava sullo schermo per darmi il benvenuto e invitarmi a salire sulla bilancia, ma io ho resistito alla voglia di pesarmi immediatamente. Prima mi sono insaponata con insistenza, risciacquata e asciugata finché ho sentito la pelle fumare o quasi.

In quel momento e solo allora mi sono affidata al giudizio della bilancia. Ho tenuto gli occhi chiusi qualche secondo per assaporare quell'istante magico e poi ho letto il numero.

Un chilo e nove!

Ho trattenuto solo *in extremis* l'urlo di gioia che mi è salito alle labbra. Avevo perso un chilo e novecento grammi. Se non avessi sgranocchiato una galletta di riso mentre andavo da Bérénice avrei sicuramente raggiunto i due chili!

Dopo aver finito i compiti in uno stato di sorprendente euforia, mi sono nascosta sotto il piumone, abbandonandomi a una piacevole introspezione. Forse la mia vita poteva diventare finalmente bella come sosteneva Maiwenn!

Ero sul punto di addormentarmi quando un pensiero irritante mi si è insinuato nella mente, mandando in frantumi la mia serenità: la soddisfazione non è la madre di ogni mediocrità?

Mi sono alzata con un balzo, ho acceso la luce e mi sono piazzata davanti allo specchio. Il verdetto è arrivato, implacabile. C'era poco da festeggiare: avevo ancora molto lavoro davanti! Certo, avevo perso quasi due chili, però non era sufficiente. Ero ancora una specie di budino informe!

Lentamente mi sono rimessa a letto ed è stato allora che quella decisione, come un arpione, ha trafitto al cuore la mia volontà conficcando le sue braccia d'acciaio nel mio corpo.

Sarei dimagrita.

Dimagrita veramente.

Capitolo 11

Sono trascorsi quindici giorni prima che mamma si accorgesse di qualcosa, o perlomeno si decidesse a parlarmi delle sue preoccupazioni.

Avevo messo a punto una tecnica infallibile per superare la prova dei pasti senza farmi notare. Mettevo nel piatto tutto, o quasi, in quantità ragionevoli e dividevo ogni pietanza in una molteplicità di parti, che suddividevo a loro volta. C'erano due vantaggi in questo stratagemma. Richiedeva del tempo e mi permetteva di nascondere la maggior parte del cibo sotto le foglie di insalata e sui bordi.

Il trucco era infallibile. Certo, il mio piatto era meno pulito di quello di Laura che aveva l'abitudine di farlo risplendere facendo la scarpetta con la mollica del pane, ma i miei ci cascavano in pieno.

Ero consapevole che il mio corpo reclamava più calorie di quelle che gli davo e, di tanto in tanto, mi prendeva uno stordimento o un colpo di stanchezza, ma era il prezzo da pagare, e neppure caro, per i progressi che ogni sera la bilancia mi confermava.

Cominciavo a navigare dentro i jeans, i miei lineamenti erano più definiti e lo sguardo degli altri su di me era cambiato.

Soprattutto quello dei ragazzi.

Quando mi incrociavano, leggevo ormai nei loro occhi la stessa fiamma che si accendeva alla presenza di Maiwenn. Un bagliore di ammirazione e avidità che mi ci era voluto un po' per identificare con precisione: desiderio.

Me ne fregavo altamente.

Flirtare non mi interessava per nulla e non avevo bisogno di nessun tipo di contatto fisico. Mi interessavano solo la danza e la bilancia, perché le due cose erano intimamente legate.

Purtroppo dopo qualche giorno (due o tre, non di più) l'energia che la perdita di peso mi aveva regalato era svanita. Mi sentivo spenta e le mie performance sul parquet di Bérénice ne risentivano.

Stranamente la cosa non mi infastidiva davvero. Avevo trovato un altro modo di diventare eterea e, anche se il mio riflesso allo specchio non mi soddisfaceva ancora, sapevo di essere sulla buona strada.

Continuavo a scrivere poesie brevi e cesellate che parlavano di voli e di purezza. Le strappavo appena le avevo terminate perché mantenessero per sempre la bellezza dell'effimero, ma ogni parola rimaneva impressa a fondo nella mia memoria. Ogni grammo perso mi avvicinava allo stato di perfezione a cui aspiravo.

Mi sentivo straordinariamente felice.

Mamma è entrata nella mia stanza mentre stavo sgobbando su un esercizio di russo. I miei voti scolastici, loro, non erano cambiati di una virgola ed era probabilmente per questa ragione che lei non si era allarmata prima.

Si è seduta sul bordo del letto e ha allungato la mano per allontanare il libro.

«Anouck» ha iniziato «credo che dobbiamo parlare.»

Le ho lanciato un'occhiata di sorpresa solo in parte simulata.

«Certo. Di che cosa?»

«Mi fai preoccupare, Anouck. Da un po' di tempo ho capito che stai seguendo una dieta. È normale, alla tua età, voler perdere un po' di pancia o di fianchi e io rispetto sia la tua volontà di dimagrire sia il desiderio di non parlarne, ma ho paura che esageri. Una dieta rigida può essere pericolosa per la salute, se non è controllata da un medico. E tu *non* hai bisogno di una dieta rigida. Lo capisci?»

La gente scivola spesso, senza rendersene conto, dal confronto al perfetto monologo. Mia madre non fa eccezione alla regola e ha proseguito nel suo discorso.

«Prima di conoscere tuo padre, anch'io ho avuto un periodo in cui mi trovavo troppo grassa. Non lo ero sicuramente più delle mie amiche, ma mi ero ficcata questa idea in testa e non demordevo. Non ero un granché furba...»

Ad ascoltare quel resoconto, veniva il dubbio che non fosse poi cambiata molto, ma mi sono astenuta dal commentare le sue parole, che però rasentavano la provocazione.

«Sei molto bella così come sei, Anouck, non rovinarti la salute provando a dimagrire troppo. Quanto hai già perso?»

Alla fine eccola, la domanda!

«Non lo so esattamente. È un po' che non mi peso. Due o tre chili.»

«Non di più?»

«Be', no. Non mi sembra.»

Mamma mi è sembrata sollevata e averle mentito mi ha fatto sentire bene. Ero arrivata a sette chili e qualche briciola ma era la mia vita e non ero assolutamente disposta a tollerare l'ingerenza di qualcuno in quella storia.

Mamma mi ha passato una mano tra i capelli, un gesto che non faceva più da una o due eternità.

«Non ci parli più di Maiwenn. Sta bene?»

«I nostri rapporti si sono un po' raffreddati in questo momento, ma non durerà molto. Sai come siamo fatte, no?»

Seconda bugia. Da oltre dieci giorni io e Maiwenn non ci eravamo più scambiate una parola. Non avevamo litigato, ci eravamo solo allontanate, però tra di noi c'era ormai una voragine e nessuna delle due aveva voglia di fare il primo passo.

Lei filava di un amore perfetto e disgustoso con il suo bel pervertito, mentre io mi facevo i fatti miei. Non avevo bisogno di lei e la cosa era assolutamente reciproca.

«Ah, voi ragazze...» ha sospirato mamma.

Poi si è alzata, non prima di avermi stampato un bacio sulla guancia.

«Ora ti lascio, Anouck. Forse hai ancora dei compiti da fare. Mi prometti di non esagerare con la tua dieta? Va bene?»

«Va bene, mamma, te lo prometto.»

Appena la porta si è richiusa dietro di lei, io ho tirato un sospiro di sollievo. Non ero sicura che avesse portato delle valide argomentazioni, ma se era successo, le avevo già scordate.

La vita andava avanti; per preservare la mia tranquillità era sufficiente che portassi abiti più larghi.

In classe Maiwenn aveva smesso di sedersi accanto a me. Non mangiava mai in mensa e le nostre telefonate interminabili non erano che ricordi. Era come se fosse morta, salvo che in quel caso sarei stata male. Invece non sentivo nient'altro che una sensazione di vuoto, in cui mi crogiolavo rifiutandomi di legare con altre ragazze. C'erano ancora diverse compagne con le quali parlavo volentieri del più e del meno, ma senza mai affrontare argomenti personali e senza impegnarmi.

Era il prezzo da pagare per la totale messa in sicurezza dei miei sentimenti.

Un giovedì, intorno all'una, mentre mi stavo godendo il sole su una panchina non lontano dalla mensa, un ragazzo è venuto a sedersi vicino a me.

Antoine.

Come la maggior parte delle mie compagne di scuola, avevo spesso sognato una storia idilliaca con lui ma, come la maggior parte delle mie compagne di scuola, non avevo mai fatto assolutamente nulla per dare vita a questo sogno. Non gli avevo nemmeno mai rivolto la parola.

Alto, ben piantato, con grandi occhi scuri e un taglio di capelli alla Brad Pitt in *Fight Club*, era un bel ragazzo. Un gran bel ragazzo!

Da quando era arrivato al liceo tutte le mie compagne gli cadevano ai piedi, invece lui, ovviamente, aveva messo gli occhi su Maiwenn. Alla fine dell'anno prima erano usciti insieme. «Un pezzettino di strada insieme per la stessa via» mi aveva detto Maiwenn prima di lasciarlo, meno di una settimana dopo. «Mah...» aveva laconicamente commentato, tirando una croce su quell'avventura che quanto meno aveva attirato su di lei molte gelosie.

Ed ecco che Antoine si era appena seduto vicino a me e, se decifravo senza sbagliarmi troppo lo sguardo che mi rivolgeva, non era perché era stufo di rimanere in piedi...

«Ciao» ha detto con una tecnica di abbordaggio tra le più originali.

«Ciao» ho risposto io, con grande prontezza di spirito.

C'è stata una pausa piuttosto comica. Qualche settimana prima quella situazione mi avrebbe messo un'ansia al grado dodici della scala Richter. Infatti sono quella che si dice una novellina nel mondo dell'amore, intendendo "amore" nel senso più largo del termine... Qualche flirt senza nessun seguito, due o tre storielle all'acqua di rose e poi... Poi è tutto qui! Devo ammettere che, presa come sono tra la danza e il liceo, non ho molto tempo da dedicare alla mia vita sentimentale.

Be', ritorniamo al nocciolo della questione, o piuttosto ad Antoine. Era venuto a sedersi a qualche centimetro da me (ed ero proprio io il motivo!), ma benché il battito del mio cuore avesse accelerato, ero ben lontana dal cadere in deliquio.

D'accordo, non ero proprio super rilassata, però neppure nel panico, forse a causa o grazie ai nuovi sguardi che i ragazzi mi lanciavano ultimamente. Aspettavo proprio che cominciasse a parlare...

«Sai, Anouck...»

Ma guarda! Sapeva il mio nome!

«... sabato sera andiamo al Blue Ring con qualche compagno di classe per festeggiare il mio compleanno. Sarebbe carino se potessi venire con noi. La cosa ti ispira?»

No! Un'uscita in disco! Che sfiga! Avevo affrontato l'argomento l'anno prima durante una cena in famiglia e la risposta era stata categorica. Non se ne parla! Una risposta che non lasciava nessun dubbio sulla reazione dei miei genitori, se gli avessi sottoposto la proposta di Antoine!

Lui ha frainteso la mia espressione e ha tentato di giustificarsi.

«Può sembrarti strano che ti inviti quando non ci siamo praticamente mai parlati, ma ho davvero voglia di conoscerti. Tutti i tuoi amici dicono la stessa cosa, che sei una ragazza simpatica e siccome in più sei anche carina...»

Il complimento non era particolarmente brillante, ma mi ha fatto arrossire.

«Non so se sarà possibile» ho tergiversato.

Antoine mi ha fissata negli occhi e improvvisamente mi sono sentita molto meno determinata di quanto non avessi immaginato due minuti prima.

«Il padre di Arnaud gli presta la macchina» ha insistito. «Ci occupiamo noi degli spostamenti e i biglietti d'ingresso li offro io. Passeremo una serata fantastica!»

«Posso darti una risposta domani?»

«Non c'è problema. Hai già qualcosa in programma?»

«No, ma non penso che i miei genitori saranno d'accordo.»

«Non sono molto *cool* i tuoi!»

«No, non molto...»

Avevamo rotto il ghiaccio. Abbiamo parlato ancora per un po', poi Antoine si è alzato per tornare dai suoi amici, che lo aspettavano.

«A domani, Anouck. Prova a convincerli, va bene?»

«Farò del mio meglio...»

Poco dopo sono salita in classe. Nella mia vita ideale, sarei corsa da Maiwenn a raccontarle tutto, lei mi avrebbe presa in giro per poi spingermi a confidenze più intime, io mi sarei lasciata andare e lei mi avrebbe spiegato come infinocchiare i miei genitori.

Invece Maiwenn non c'era, marinava spesso la scuola da quando aveva incontrato il pervertito, e comunque non avrei mai potuto fare io il primo passo verso di lei, correndo il rischio di sentirmi respinta.

Quindi mi sono accontentata di rivedere alla moviola la mia conversazione con Antoine, ascoltando con un solo orecchio i discorsi dei prof.

È stato un bel pomeriggio.

Capitolo 12

«Sabato sera uno dei miei compagni festeggia il suo compleanno.»

«Ah, quale?»

«Antoine.»

«Ci hai mai parlato di lui?»

«Non lo so. Credo di sì.»

Cena del giovedì sera a casa Angelotti. Mamma, dopo la fase italiana, attraversava un periodo creolo ed eravamo tutti seduti davanti a un "colombo di pollo". Laura aveva saputo il giorno prima che la sua maestra aveva in programma un'uscita al cinema, papà era rilassato, mamma attenta. Condizioni ottimali: mi ero lanciata.

Per un breve istante la conversazione è scivolata sul problema del macinino per il pepe che si era inceppato, poi mamma è tornata a me.

«La festa si fa da lui?»

«No. Organizza una serata in un club: il Blue Ring.»

Una mezza tonnellata di finta sicurezza sulle spalle, un sorriso che mantenevo naturale a fatica e la voce che non tremava solo a costo di tutti gli sforzi del mondo. Papà è intervenuto.

«Ho sentito parlare di questa discoteca da alcuni colleghi di lavoro. Ha una fama piuttosto buona.»

Sono passati alcuni secondi, il tempo che io afferrassi la realtà delle parole che aveva appena pronunciato.

«Allora ci posso andare, siete d'accordo?»

Questa volta la mia voce ha vacillato sul serio, ma non era per l'ansia. Mamma se n'è accorta e mi ha sorriso.

«Non farti prendere dall'entusiasmo. Non abbiamo ancora detto di sì.»

Non ancora... Significava che aveva quel sì sulla punta della lingua.

«Maiwenn ci va con la macchina dei suoi genitori?»

«Maiwenn è impegnata, ma un mio compagno mi ha proposto di andare con lui.»

«Antoine?»

«No, Arnaud.»

Mamma ha fatto una smorfia. Non aveva mai sentito parlare di questo Arnaud e la sua ansia materna stava prendendo il sopravvento. La capivo bene. In pratica io stessa non conoscevo Arnaud... I miei genitori si sono scambiati un'occhiata da un lato all'altro del tavolo. Una di quelle occhiate che trasmettono dei gigabyte di informazioni in codice. Alla fine papà ha fatto un impercettibile cenno con la testa e mamma ha inspirato profondamente.

«Va bene, Anouck. Non apprezzo particolarmente le discoteche notturne, lo sai, ma è normale che tu non condivida il mio punto di vista e che abbia voglia di andare a ballare con i tuoi amici. Non vedo come potremmo negarti questo piacere. In compenso, ti porterò e ti verrò a prendere io.»

«Ma faremo sicuramente molto tardi...»

«Me lo immagino» ha sorriso lei «però preferisco puntare la sveglia nel cuore della notte che farti correre il minimo rischio. Il tuo amico Arnaud ha sicuramente la testa sulle spalle, ma si sente troppo parlare degli incidenti stradali del sabato sera... Spero che tu non ti vergogni di tua madre.»

Mi sono alzata per stringerla tra le braccia.

«Scherzi! Siete i genitori più meravigliosi del mondo!»

Papà ha fatto una risata commossa e mamma mi ha dato un bacio. Dopo, la conversazione è scivolata per un momento sul tema delle discoteche prima di divagare sui ricordi di gioventù dei miei genitori.

È stata una cena carina.

C'è mancato poco che mi rimettessi a mangiare normalmente.

Ho finito i compiti in uno stato di dolce euforia, ho augurato la buonanotte ai miei e poi, mentre mi preparavo per andare a letto, ho sentito uno strano groppo che mi stringeva alla bocca dello stomaco. Un groppo di paura come quando, da piccola, non mi ricordavo più la lezione che dovevo ripetere.

Un groppo cupo e fastidioso...

Mi sono comunque infilata sotto il piumone, ma mi sentivo soffocare; allora mi sono seduta sul letto, con il fiato corto. Eppure non faceva particolarmente caldo; era dentro di me che stava succedendo qualcosa.

Ho espirato diverse volte senza riuscire a riprendere il controllo sul mio respiro e ho sentito un rivolo di sudore freddo scorrermi tra le scapole, mentre un altro mi imperlava la fronte. Mi sono alzata, ho tolto la camicia da notte.

Mi sono piazzata davanti allo specchio, che mi ha restituito la mia immagine.

Ho chiuso gli occhi.

Grassa.

Troppo grassa.

Non sarei andata in discoteca.

Grassa.

Troppo grassa.

Non sarei uscita con Antoine.

Grassa.

Troppo grassa.

Dovevo dimagrire ancora.

Forse un'altra volta, quando sarei diventata leggera, davvero leggera...

Ho ricominciato a respirare normalmente.

Capitolo 13

Venerdì mattina.

Antoine mi aspettava davanti a scuola e io gli ho comunicato che avevo accettato un altro invito per il sabato sera. Ho mentito con freddezza e lui mi ha guardata sorpreso. Ha tentato di convincermi, però le sue motivazioni si sono scontrate con la decisione irremovibile che avevo preso.

«Sei sicura?»

«Certo.»

Si è allontanato. Non ero così ingenua da credere che fosse davvero dispiaciuto per la mia decisione, ma era evidentemente più colpito di me. Avevo deciso che me ne infischiavo della sua opinione.

La mia giornata di scuola si è svolta senza sorprese, simile alle centinaia di giornate che l'avevano preceduta e sicuramente alle decine e decine che l'avrebbero seguita. Maiwenn era presente, seduta a qualche metro da me.

A migliaia di chilometri da me.

Avevo qualche difficoltà a capire chi ero.

Dopo il liceo, quando sono entrata nello spogliatoio della scuola di danza le conversazioni si sono spente. Era diventata una consuetudine e non ci ho fatto caso. Dopo anni passati a condividere lo stesso parquet e a osservarsi reciprocamente, ognuna di noi si relazionava alle altre secondo abitudini consolidate. Perdendo peso, avevo incrinato quel delicato equilibrio fatto di cameratismo ma anche di gelosie, rancori e meschinerie. Ero diventata una paria. Le ragazze parlavano di me, ma io me ne fregavo, di loro e dei loro pettegolezzi.

Anna mi ha rivolto un sorriso e io ho serrato le mascelle. Ero arrivata a detestarla: lei che accentrava su di sé il talento della ballerina eccezionale, lo charme di Maiwenn, i miei buoni voti scolastici e una figura da far impallidire anche gli esteti più esigenti.

«È pazzesco come sei cambiata!» ha esclamato fissandomi mentre mi infilavo il body.

Non mi aspettavo questo genere di osservazione e la sorpresa mi si doveva leggere in faccia perché Anna ha continuato: «Che dieta segui per perdere tutti quei chili così in fretta?».

Quel "tutti quei chili" non mi ha mandato in estasi, e ci sono andata giù dura.

«La dieta delle banane, quella che ci vorrebbe per te!»

Eccoti sistemata! Anna ha spalancato gli occhi e io sono scoppiata a ridere. In quel momento Bérénice è entrata nello spogliatoio. «Prendetevi pure tutto il tempo che volete, ragazze! Se avete finito di fare conversazione, forse potremmo cominciare la lezione?»

Siamo andate a disporci sul parquet e Bérénice ha fatto partire la musica.

Qualche giorno prima avevamo incominciato una nuova sequenza di passi su una canzone di Shakira. Il ritmo era veloce, i passi difficili e occorreva fare appello a tutto il nostro allenamento per seguire il tempo. Mi sono immersa nella danza, lasciando il mio corpo pulsare con entusiasmo, mentre la mia mente spiccava il volo, accompagnata dagli accordi del basso.

Dieci minuti di felicità e poi, d'improvviso, qualcosa si è rotto!

Le mie gambe sono diventate di pastafrolla, il cuore mi si è imballato, non seguivo più la musica, mentre un'ondata di sfinimento mi ha schiacciata al suolo.

Sono stata sul punto di accasciarmi per terra, mi sono ripresa per un pelo e ho barcollato fino alla porta.

Ora, non è raro che una ragazza esca dalla sala per andare a bere o per riprendersi dopo un attacco di debolezza. Non è frequente ma neppure raro. Le altre, concentrate sui loro esercizi, non ci hanno dunque badato. Mi sono passata un po' d'acqua addosso e poi mi sono lasciata cadere su una panca dello spogliatoio.

Ero come svuotata.

Completamente svuotata.

Gli occhi mi si sono chiusi contro la mia volontà, la testa si è messa a ciondolare. È stato in quel preciso istante che una mano si è posata sulla mia spalla. Lo spavento provocato da quel contatto inatteso ha iniettato nel mio organismo una salutare dose di adrenalina. Ho sussultato, lanciando addirittura un flebile grido di terrore, e ho aperto gli occhi. Bérénice stava accovacciata davanti a me con lo sguardo pieno di preoccupazione.

«Qualcosa non va, Zouck?»

Le sue parole mi hanno dato l'ultima sferzata rinvigorente, nel mio corpo si è diffusa un'energia nuova.

«Solo un piccolo attacco di stanchezza, niente di grave.»

Per rassicurarla e mostrarle che dicevo la verità, ho accennato ad alzarmi, ma lei mi ha trattenuta con una stretta straordinariamente salda.

«A che gioco stai giocando, Zouck?» mi ha chiesto con una voce quasi dura.

«Be'... io...»

«Da quanto tempo hai smesso di mangiare?»

La porta dello spogliatoio si è aperta e la testa di Caroline è spuntata dallo spiraglio.

«C'è qualche problema?» si è informata.

«Va tutto bene. Continuate a lavorare su Shakira e dopo fate la sequenza degli U2. Non voglio nessuno qui dentro.»

Bérénice le ha risposto senza distogliere lo sguardo da me e Caroline ha capito al volo il messaggio. Ha richiuso delicatamente la porta.

«E allora?»

Quel diversivo mi aveva permesso di riprendere un contegno e ho tentato di bluffare.

«Perché me lo chiedi? Io mangio. Faccio solo attenzione a non ingrassare...»

Gli occhi di Bérénice luccicavano e io ho sentito il suo sguardo sfondare le mie difese, leggere dentro di me come in un libro aperto.

Ha portato una mano sulla mia guancia e l'ha sfiorata, poi ha allontanato una ciocca di capelli dal mio viso.

«Non è vero, Zouck» ha mormorato. «Mi stai mentendo. Stai mentendo a te stessa!»

Sono ammutolita e, mentre proseguiva, la voce di Bérénice è diventata roca. «Conosco la strada che hai imboccato. È infida e pericolosa, ti fa intravedere falsi miraggi. Devi reagire, Zouck. Adesso! La porta che vedi alla fine di quella strada non ti regalerà la leggerezza della perfetta ballerina. Dietro quella porta c'è la morte!»

Capitolo 14

Anoressia.

Quella strada buia si chiama anoressia.

Capitolo 15

Bérénice mi ha parlato. Mi ha parlato a lungo.

Le sue parole sono scivolate su di me come gocce d'acqua su un vetro.

Mi ha raccontato le tristi storie di alcune ragazze, quasi tutte ballerine, che per sfuggire alla realtà dei loro corpi si sono lasciate trascinare nella spirale infernale dell'anoressia. Mi ha raccontato la loro ricerca vana, la loro disperazione, il loro declino. Mi ha raccontato, con gli occhi velati dalle lacrime, la scomparsa di una cara amica, ghermita da quel mostro annidato nella sua mente e che, un giorno, si è spenta come si spengono le candele quando si leva la brezza. Senza fare rumore.

L'ho ascoltata attentamente, continuando a domandarmi perché la facesse tanto lunga. Ero triste per Bérénice, triste per la sua amica, eppure il filo del suo discorso si dipanava su una strada che non era la mia. Nessuna di quelle storie mi riguardava.

Per darci un taglio l'ho rassicurata che la mia era solo una brutta fase, avevo capito quello che mi voleva dire e tutto sarebbe rientrato nella norma. Mi ha creduto solo in parte, era evidente, ma poi abbiamo raggiunto le ragazze nella sala. Tutti gli sguardi erano puntati su di me. Non è stato piacevole.

Mentre passavo davanti alla camera di mia sorella il rumore di un singhiozzo soffocato mi ha fatta fermare. Eppure non avevamo litigato, la cena era stata serena e i nostri scambi di battute piuttosto cortesi. Probabilmente si era arrabbiata ancora una volta con una delle sue amiche o invece si era fatta, come suo solito, non so quale film in testa... Ero sul punto di tirare dritto per la mia strada, quando un impulso improvviso mi ha fatto aprire la sua porta.

Era stesa sul suo letto, con la testa sotto il cuscino, e piangeva; la parte superiore del suo corpo era scossa dai singulti.

Mi sono seduta vicino a lei e le ho appoggiato una mano sulla spalla.

«Che ti succede?»

Ha avuto un sussulto, più per il contatto con la mia mano che per il suono della mia voce, e si è raddrizzata per scostarsi da me.

«Niente!»

La parola le era uscita di bocca come un'ultima e ridicola barriera. Barriera che è crollata alla seconda parola che è seguita, dando la stura a un fiotto tumultuoso di frasi disperate.

«Non ne posso più! Basta, basta, basta! Nessuno mi considera, è come se non esistessi... Ci sei sempre e solo tu. Non è giusto! Tutti gli sguardi... tutte le frasi carine... tutte le conversazioni... sono tutte su di te! Io sono brutta, una buona a nulla, insignificante. Nessuno mi degna di uno sguardo. Mai. Anche tu non mi guardi mai! Non ne posso più! Sono sola in questa casa.»

Si è fermata con un gemito roco, le spalle incurvate, gli occhi pieni di lacrime. Quando l'ho presa tra le braccia, non ha opposto alcuna resistenza.

La capivo.

Molto bene.

Del tutto.

Qualche settimana prima non avrei assolutamente colto la sua disperazione; Laura mi avrebbe giusto stupita, forse irritata, ma in compenso avrei saputo trovare quelle parole vuote che l'avrebbero rassicurata. Avrei mentito senza esitare perché si calmasse. Perché era più semplice.

Ma intanto era cambiato tutto.

Con Laura rannicchiata tra le mie braccia, eravamo più vicine di quanto non lo fossimo mai state prima, eppure io ero incapace di parlare.

Le parole sbiadivano al contatto con le mie paure e le mie angosce, si svuotavano di significato e di forza. Ero impotente.

Mi sono limitata a stringerla più forte possibile e, quando si è calmata, le ho passato una mano tra i capelli.

«Su, adesso smettila, dai» ho sussurrato.

Nessuna promessa o spiegazione. Nessuna riappacificazione. Appena un sorriso, che però è bastato. Laura, più tranquilla, ha fatto segno di sì con la testa.

Poco più tardi, prima che la bilancia potesse darmi conferma che avevo superato la soglia dei dieci chili persi, mamma è entrata in camera mia.

«Devi finirla con la dieta, Anouck!»

Il suo tono era severo e, per un secondo, ho avuto paura che Bérénice l'avesse contattata per raccontarle tutto. No, era materialmente impossibile, così sono riuscita a rispondere con uno sguardo sorpreso alla sua frase allarmata.

«Non sei magra, sei scheletrica» ha proseguito «e se continui così ti ammalerai.»

«Ti fai tanti problemi per niente!» le ho risposto con determinazione. «Sono in gran forma e ormai è quasi una settimana che non faccio più la dieta.»

Il mio contrattacco l'ha sconcertata. Ha squadrato la mia figura con un'occhiata sospettosa.

«Quanto pesi adesso?»

Facile mentire di fronte a una domanda simile: bastava dire un numero di chili sufficienti per rassicurarla, ma che giustificassero anche la mia nuova magrezza. Non so se ci sia cascata, però il suo viso si è rasserenato.

Si è prodigata in qualche consiglio nutrizionale che io ho relegato, insieme alle storie di Bérénice, in fondo al dimenticatoio e poi abbiamo cambiato argomento.

«Sei stata carina poco fa ad andare a consolare tua sorella.»

Laura! Avevo già scordato le sue lacrime e la sua richiesta d'aiuto. Ma brava! Stavo ormai superando me stessa nella disgustosa attività di star lì a contemplare il mio ombelico e basta.

«Mi puoi raccontare qualcosa senza tradire la sua fiducia?» mi ha chiesto mamma.

«Be', no... non molto. Però...»

«Sì?»

«No, niente.»

Poco prima non ero stata capace di confortare Laura; adesso, allo stesso modo, non lo ero di parlare di lei e della sua solitudine. Per farlo avrei dovuto aprire delle porte interiori che ci tenevo assolutamente a mantenere chiuse. Mamma mi ha lanciato un'occhiata interrogativa ma, davanti al mio mutismo, non ha insistito.

Quando se n'è andata, ho ripreso la mia attività nello stesso punto dove l'avevo lasciata prima che lei mi interrompesse. Non mi sono chiesta neppure per un secondo perché mai fossi diventata incapace di comunicare.

Nonostante le parole di Bérénice si fossero frantumate contro la mia corazza, prima di coricarmi ho riacceso il computer che papà aveva appena spento. Mi sono collegata a un'enciclopedia online e ho digitato il nome della strada buia. Anoressia.

La definizione mi è parsa confusa e noiosa. Però una serie di link hanno attirato la mia attenzione. Ho cliccato sul primo e sullo schermo è comparso un sito sui disturbi alimentari. Proponeva un forum, una sorta di chat in differita dove i navigatori si scambiano messaggi leggibili da tutti. Mi sono azzardata a entrarci, rifiutandomi però di scegliere uno pseudonimo che mi avrebbe dato lo status di membro ufficiale.

Il primo messaggio era la testimonianza di una ragazza che parlava del suo ricovero in ospedale dopo una drastica perdita di peso. Era anche una richiesta d'aiuto, che lei concludeva con un brano estratto da un testo di Théophile Gautier:

Una sera, la ballerina, trasportata dal volo circolare di un valzer, sfiorò più da vicino quella scintillante linea di fuoco che separa, in teatro, il mondo ideale dal mondo reale; le sue leggiere vesti di silfide palpitarono come ali di colomba prossima a prendere il volo. Un becco di gas allungò la lingua azzurrina e bianca e toccò la stoffa aerea. In un istante la fiamma circonfuse la giovane, che danzò qualche secondo come un fuoco fatuo in mezzo ad un rosso splendore e poi si gettò verso le quinte, perduta, pazza dal terrore, divorata viva dalle sue vesti incendiate.[1]

Mi sono ricordata delle mie frasi buttate giù, alla sera, su dei pezzi di carta. Avevo creduto che le parole mi avrebbero aiutata a spiccare il volo. Era così tanto tempo fa...

Ho sentito riformarsi quel groppo alla bocca dello stomaco. Ho spento il computer.

Avrei voluto che Maiwenn fosse vicina a me.

I giorni seguenti Bérénice, mamma e perfino papà hanno mantenuto uno sguardo discreto ma vigile su di me. A ogni lezione di danza Bérénice osservava minuziosamente la mia figura e, senza farmi la minima domanda, valutava il mio stato di salute. I miei geni-

1 Théophile Gautier, *Jettatura*, traduzione di Teodoro Serrao, Sonzogno, Milano 1910, pag. 62.

tori controllavano il mio piatto, o perlomeno ci provavano. Ma la mia tecnica di smangiucchiamento frazionato era sufficientemente rodata perché io riuscissi a ingannarli. Non correvo nessun rischio...

Maiwenn ha smesso di venire a scuola. Dapprima ho creduto che fosse malata ma, dopo una settimana e mezzo di assenza, ho dovuto riconoscere che il motivo doveva essere un altro. Sono stata sul punto di telefonarle.

La bilancia del bagno era la mia sola amica. Ogni giorno mi confermava che procedevo sulla strada che Bérénice definiva buia, ma era semplicemente la mia.

Stavo sempre peggio.

I miei voti scolastici hanno cominciato a calare.

Prima impercettibilmente, poi in maniera sempre più netta. Non saltavo nessuna lezione, però avevo difficoltà a concentrarmi, ad afferrare quello che i professori si aspettavano da me, a mettere in pratica le mie conoscenze...

Un voto al di sotto della mia media, il primo della mia carriera scolastica, mi è stato comunicato con una strana espressione dal prof di economia. Era quasi imbarazzato. Ho afferrato il compito in classe con una debolezza che rendeva insignificante quel cinque cerchiato in rosso.

Una volta a casa, l'ho semplicemente appoggiato sul tavolo perché i miei genitori lo trovassero e sono salita in camera mia.

Più tardi una mano, che ha bussato con discrezione alla mia porta, mi ha strappata dal mio torpore. Mamma e papà sono entrati insieme.

Lei si è seduta accanto a me sul letto e papà si è accovacciato di fronte a noi.

«Mi dispiace» ho iniziato a dire «recupererò il voto e...»

«*Sssh*» mi ha interrotta mamma. «Il tuo compito di economia non ha importanza.»

«Ma...»

«Anouck, bisogna veramente che noi parliamo. Che cosa ti succede? Non mangi più, sei deperita, non sei più la stessa. Rendi partecipi anche noi dei tuoi pensieri. Siamo i tuoi genitori, siamo qui per aiutarti, ma perché possiamo farlo devi confidarti con noi. Almeno un po'... Parlaci, Anouck.»

Mi fissavano con lo sguardo pieno di benevolenza e di preoccupazione, così traboccanti d'amore che mi sono sentita sciogliere.

Nella mia corazza si è aperta una breccia e, nel profondo di me stessa, la diga ha ceduto.

«Non riesco più a vivere...»

La parole mi sono sgorgate a lungo dal cuore, in disordine, liberatorie. Incoerenti. I miei genitori mi hanno ascoltata senza interrompermi e nei loro cuori quelle parole hanno trovato una rispondenza di senso che, da sole, non avrebbero avuto. Ho rivelato il mio antico desiderio di spiccare il volo, ho raccontato delle mie ansie, del mio desiderio di diventare prima snella e poi sempre più magra. Un desiderio che, subdolamente, era diventato ripugnanza. Ripugnanza verso il mio corpo, ripugnanza verso ogni tipo di cibo.

Stanchezza.

Paura.

Solitudine.

Mamma mi ha passato le braccia attorno al collo, tirandomi verso di lei mentre papà mi stringeva con tenerezza le mani.

«Mi dispiace, Anouck. Mi dispiace così tanto... Adesso ti cureremo, tutto si sistemerà!»

Aveva gli occhi lucidi e la voce roca, ma pensava davvero quello che diceva. Ho voluto crederle...

È iniziato allora uno strano periodo, fatto di finto dinamismo e di allegria forzata. Mamma s'ingegnava a cucinare con cura dei piatti leggeri dal profumo irresistibile, papà ci ha invitate più volte in ristoranti esotici; hanno usato tutta la loro forza di persuasione, talvolta i rimproveri, spesso le spiegazioni, sempre la ragionevolezza. Nei posti dove ero abituata a sedermi si sono messe a spuntare per caso delle riviste specializzate, sono passati a trovarmi a casa degli amici, venivano progettate cose deliranti e favolose insieme...

Non ha funzionato.

Eppure ho collaborato con tutte le mie forze, ma i loro tentativi di restituirmi il piacere di mangiare sono risultati fallimentari. Non facevo più finta, non dividevo più il cibo in un gran numero di pezzetti, non mi nascondevo più, ero semplicemente incapace di nutrirmi. Ogni boccone era una vittoria fragile ed effimera che mi faceva venire voglia di vomitare.

E spesso lo facevo.

Poi, una fredda mattina di novembre, mentre attraversavo l'ampio atrio della scuola, dei puntini neri si sono messi a danzarmi davanti agli occhi. Un lungo brivido gelido mi ha attraversato tutto il corpo come una saetta, il sangue mi martellava dentro le orecchie e mi sono sentita cadere a terra, molto lentamente. Quell'onda tenebrosa che mi inseguiva da così tanto tempo mi ha travolta prima che toccassi il pavimento.

Capitolo 16

Passano i giorni. Le settimane.

Loro parlano.

Parlano e non capiscono.

Non voglio più mangiare e non lo capiscono.

Le loro parole fanno rumore, fanno male. Non serve a niente.

Anche i loro sguardi fanno male.

Bérénice mi descrive la strada buia. Si può descrivere a qualcuno il luogo in cui già abita?

Anna mi sussurra di smettere, ma io sono un filo d'erba travolto dalla tempesta. La mia folle corsa è solitaria. Impotente. I sussurri di Anna sono tanto vani quanto ridicoli.

Mamma piange, consiglia, rimprovera, minaccia, supplica. Sta deperendo a sua volta e io non posso aiutarla.

Papà consiglia, rimprovera, supplica, minaccia.

Forse anche lui piange.

Maiwenn...

Sono sola. L'occhio verde della bilancia, quella vigliacca, si è chiuso quando l'ho scaraventata contro il muro.

Le mie mani rifiutano di obbedirmi quando gli ordino di nutrirmi. E anche quando le mani accettano di obbedirmi, la mia bocca rifiuta di aprirsi. I miei denti non masticano, mi si ribalta lo stomaco. I miei occhi frappongono alla realtà un filtro attraverso il quale ogni cibo è disgustoso. No, non è vero: i miei occhi lo attraversano, quel filtro, e sanno vedere la realtà. Davvero ogni cibo è disgustoso.

Sono sola.

Passano i giorni.

In mezzo alla cacofonia di parole inutili proferite da passanti diafani.

In mezzo agli sguardi.

Che feriscono.

Io combatto. Da sola.

Visita dal dottore.

Seconda visita dal dottore.

Decima visita dal dottore.

Io combatto. Da sola. Gli alleati non sono ammessi nell'arena. C'è un intero universo tra le parole impercettibili che io grido in silenzio e i gesti inutili di quelli che si agitano per aiutarmi.

La strada è davvero buia. Buia e scivolosa. Senza appigli, impossibile fermarsi o fare dietrofront. Sono al massimo capace di rallentare.

Un poco.

Visita dallo psicologo.

Seconda visita dallo psicologo.

Gli psicologi fanno meno visite dei dottori. Non arrivo a dieci. Poco importa. Io combatto. Combatto da sola e perdo.

Il mio corpo mi fa orrore. Maiwenn è sempre assente.

Salto delle lezioni. Il demone nero nella mia mente, nella mia pancia, si mangia i miei voti. Gli sguardi dei professori mi fanno male, le loro parole imbarazzate mi feriscono, oppure, nel migliore dei casi, si disperdono nell'aria come fumo, trascinato lontano dal vento dell'oblio. Altrove.

Momento di tenerezza durante una fase di remissione della malattia. Laura si accoccola contro di me. «Ti voglio bene» mormora la sua voce al mio orecchio.

Anch'io ti voglio bene, Laura.

Io combatto per te.

Combatto contro di me.

Il mio corpo smette di sanguinare. Quel rivolo scarlatto che ogni mese sottolineava la mia femminilità si è inaridito. È un segno del destino? Il dottore, lui, ci vede un cattivo presagio. Me lo nasconde, però io glielo leggo negli occhi, mentre il suo sguardo non fa che sfiorare il mio riflesso.

Faccio fatica a danzare.

Faccio fatica a studiare.

Sto male.

Una lacrima scorre sulla guancia di papà, che non si prende la briga di asciugarla.

Momento di tenerezza durante un'altra fase di remissione. Siamo seduti tutti e quattro sulla terrazza sotto un pallido sole di dicembre. Nessuno parla. Io sto bene. La voce di mamma, roca per il pianto. «E se ci mangiassimo qualcosa?»

Ecco lo squarcio. Il gelido bagliore delle sue speranze morte sul nascere.

Arriva Natale.

Come regalo vorrei ricominciare a mangiare.

Non vorrei più essere sola.

Babbo Natale porta nella sua gerla un nuovo psicologo. Ancora parole. Inutili.

Non ce la faccio più a parlare.

A dire loro che combatto.

Con tutte le mie forze.

A lezione sto seduta da sola. La mia diversità spaventa, mentre invece sono io ad avere paura. Paura della strada buia e della porta sul fondo. Le parole dei professori galleggiano davanti a me. Inconsistenti. Una porta si apre.

La porta della classe.

Entra Maiwenn.

Capitolo 17

È Maiwenn e non è più lei.

Ha i lineamenti tirati, il viso pallido ed emaciato. La sua criniera selvaggia è scomparsa, lasciandosi dietro solo qualche ricciolo corto, triste ricordo della bellezza passata.

Sfiorita.

La camminata morbida ha perso la sua scioltezza, i passi sono corti, quasi esitanti, ma, quando lei volta la testa verso i compagni che la osservano in silenzio, riconosco i suoi occhi.

Così azzurri da far vacillare ogni cuore.

Così tristi da piangere.

Il professor Ascort apre la bocca per parlare.

Per chiederle qualcosa?

Per farle la predica?

Per incoraggiarla?

Le sue parole annegano nel vuoto. Maiwenn, in piedi, sonda la classe.

I nostri sguardi si incrociano.

Si perdono.

Si ritrovano.

Non si lasciano più.

Mi alzo, senza far caso alla sedia che si ribalta, senza curarmi delle espressioni altrui, l'una furibonda, le altre beffarde. Avanzo verso di lei finché le nostre fronti sono così vicine da toccarsi. Finché le nostre bolle di solitudine si fondono a formarne una sola.

Che ci isola dal resto del mondo.

Dentro di me sta nascendo una forza incredibile che scaturisce dalla visione del suo dolore.

Insostenibile.

Inammissibile.

Le parole si aprono un varco attraverso la mia giungla interiore, ma lei parla per prima.

Osservandomi dalla testa ai piedi.

«Perché devi sempre fare delle cavolate quando io non ci sono?»

Tenerezza nel suo sorriso, ma disperazione nei suoi occhi. Continua con un filo di voce: «È uno stronzo, Zouck. Uno stronzo...».

La sua testa crolla sulla mia spalla e le sue lacrime scorrono.

Brillanti.

Sopra la strada buia.

Che s'illumina.

Capitolo 18

Siamo uscite dalla classe senza neppure un'occhiata al professore sbalordito, senza preoccuparci di un'eventuale punizione.

Ci sono prove che rendono futili le banali paure dell'ordinaria quotidianità...

Abbiamo parlato.

Le prime parole a entrare nella mia fortezza da mesi.

La sua strada buia si chiamava depressione.

Germoglia dal tradimento e si nutre degli ideali infranti, dei sentimenti umiliati, della menzogna e della disillusione.

Ovviamente, Jean-Claude era sposato. Aveva due bambini che amava così come amava la moglie, sempre che un uomo come lui sia capace di amare.

Sul tavolo da gioco del loro amore sbagliato Maiwenn aveva puntato tutto. Il suo cuore, il suo corpo, la sua anima, le sue speranze e le sue certezze. Lui si era preso tutto, le aveva rubato tutto, aveva infangato tutto. A lungo Maiwenn aveva chiuso gli occhi, messo a tacere sospetti e paure. Poi, quando non era stato più possibile avere dei dubbi, aveva accettato l'inaccettabile.

Gli aveva permesso di calpestarla.

Finché lei era crollata e lui l'aveva respinta, amputata com'era della sua giovinezza e della sua gioia di vivere. Invalida. La sua capacità di amare forse irrimediabilmente mutilata.

I miei primi pensieri incentrati su qualcun altro che non fossi io, sono stati pensieri d'odio. Ho odiato quell'uomo con tutte le mie forze, ho desiderato che soffrisse, ho desiderato la sua morte fino a digrignare i denti, mentre Maiwenn buttava fuori quella valanga di amarezza che la logorava da settimane.

Poi ho aperto io le saracinesche.

Le ho raccontato la mia solitudine, le mie paure, i miei folli desideri. Le ho parlato della nube che mi avvolgeva e poi, soltanto per lei, ho dato un nome alla mia strada buia.

Anoressia. La parola mi è venuta da dentro come si vomitano gli insulti e poi le è seguito tutto il resto. La mia disperazione, il disgusto per ogni tipo di cibo, l'ideale etereo impossibile da raggiungere, il corpo che non mi apparteneva più e ancora la solitudine, la sconsolata incapacità di comprensione dei miei e lo spavento di fronte alla mia vita ridotta a brandelli.

La mia impotenza.

Maiwenn mi ha presa tra le braccia e le nostre lacrime si sono mescolate.

«Ne usciremo insieme, Zouck. Te lo prometto.»

Più che la promessa stessa, è stata la parola "insieme" a sconvolgermi. Mi ha colpita nel profondo dell'anima e improvvisamente ho capito che cosa dovevo fare.

Ho afferrato il mio cellulare, ridicolo oggetto tanto desiderato e poi ottenuto senza neppure doverlo chiedere. Ho chiamato Bérénice, che non mi ha fatto nessuna domanda, non mi ha posto nessuna condizione.

Quando siamo arrivate alla scuola di danza, la porta era aperta, la sala deserta.

Ho acceso l'impianto stereo e la voce di Vanessa Carlton ha riempito l'aria.

Ho trascinato Maiwenn al centro della sala.

Abbiamo ballato.

Capitolo 19

Abbiamo ballato a lungo. Una coreografia selvaggia e improvvisata, un miscuglio di timidi assoli e di *pas de deux* fiammeggianti. Finché il sudore grondante dai nostri corpi sfiniti si è mescolato alle lacrime e ai fantasmi delle nostre paure esorcizzate. Finché, stremate, siamo crollate sul parquet, più vicine l'una all'altra di quanto non lo fossimo mai state.

Dopo, nel silenzio dello spogliatoio deserto, superata ogni vergogna, ci siamo svestite.

Maiwenn ha sgranato gli occhi, incredula, scoprendo il mio corpo scarnificato, torturato, e io sono rimasta pietrificata davanti alla lunga cicatrice bianca a zigzag sul suo avambraccio. Ho allungato in avanti la mano per carezzarne l'impercettibile rilievo e lei è trasalita.

Ha pianto.

A meno che non fossi io…

Silenziosa condivisione di un pesante segreto; abbiamo lasciato in disparte le parole.

Ci siamo fatte una doccia.

Bollente.

Finché le nostre pelli si sono arrossate, fumanti, e l'acqua si è portata via, lontano da noi, l'amarezza di quei veleni trasudati.

Poi, prima che i passi delle ballerine riportassero la scuola dentro il flusso del tempo, siamo uscite. Per un po' abbiamo girovagato sotto gli alberi spogli della città vecchia, cesellando con qualche inutile frase la perfezione della conversazione che sarebbe seguita.

La sottile e gelida pioggia che si è messa improvvisamente a cadere ci ha fatto scoprire la sala interna di un caffè.

«Perché non mi hai chiamata?»

Chi delle due aveva fatto questa domanda? Non aveva nessuna importanza; sia io sia lei conoscevamo la risposta. *Le* risposte.

L'imbarazzo, il timore di essere respinta, l'equivoco, l'amor proprio: che ingranaggio maledetto...

La stupidità?

«Sono stata male senza di te.»

«E invece tu ti sei fatta del male da sola!»

Riprendevamo le nostre solite abitudini. L'umorismo è un raggio di sole capace di raggiungere zone disperatamente prive di luce. Erano ormai mesi che ne facevo a meno. Ci siamo scambiate un sorriso come ci si scambia una promessa, poi il pallido riflesso della sua allegria di un tempo è scomparso e Maiwenn mi ha fissata negli occhi.

«Ricomincerai a mangiare...»

Metà ordine, metà supplica, metà domanda. Tre metà per un unico timore, un unico desiderio.

«E tu, ricomincerai a voler bene e a ridere?»

«Non è la stessa cosa, io...»

«Tu?»

«Io… io ci proverò.»

«Anch'io.»

«Quando?»

Ero ai piedi di un muro e ho alzato lo sguardo verso l'alto. Che scogliera ripida e irta di trappole mi ero eretta da sola!

Nella pancia mi si è stretto quel groppo ormai familiare, ma prima che mi paralizzasse, l'ho sciolto in un accesso di rabbia arginata a fatica.

«Adesso.»

Quella parola non era stata che un sussurro, però l'avevo pronunciata.

Maiwenn ha sollevato il braccio e la sua bellezza ha avuto ancora una volta il suo effetto.

Un cameriere si è materializzato accanto a noi come se, per esistere, non avesse atteso che quel cenno.

«Signorine, prego?»

«Due caffè e un cestino di croissant.»

Ho inumidito le labbra dentro quel liquido bollente e, sotto lo sguardo attento di Maiwenn, ho afferrato la brioche.

La mia mano tremava e provavo il bisogno quasi irresistibile di fuggire a gambe levate, ma mi sono dominata. Ho messo il croissant sotto i denti e con un morso secco ne ho strappato un pezzo, che ho cominciato a masticare.

Quando l'ho finito, mi sono asciugata la bocca con il dorso della mano.

«Adesso tocca a te!»

Una sfida quasi aggressiva, che Maiwenn ha raccolto in un secondo.

I suoi occhi si sono messi a brillare ed è scoppiata a ridere. Una risata nuova e fresca, che ci ha spinte verso un futuro meno buio.

Un futuro di speranza.

Capitolo 20

Nessuno abbandona mai del tutto le strade buie. Calcarle lascia tracce indelebili; nella migliore delle ipotesi delle cicatrici, nella peggiore delle piaghe che rimarranno aperte fino alla fine. E la guarigione è lunga. Molto lunga...

Ho smesso lentamente di dimagrire, evitando per un pelo il ricovero in ospedale e forse la morte.

Boccone dopo boccone, ho imparato di nuovo a nutrirmi. Con conati, nausee, incontenibili voglie di vomitare. Ho combattuto contro ognuna di queste sensazioni e ho vinto: ogni vittoria mi rendeva orgogliosa e stremata.

La famiglia Angelotti ha subìto una metamorfosi durante quei mesi di tenebra. Molte certezze sono andate in frantumi, per lasciar affiorare dei tesori che non si svelano se non quando si è sul punto di perderli. Talvolta quando li si è già persi.

I miei hanno vissuto nella paura. Una paura terribile che li ha logorati ma anche ripuliti. Purificati. Insieme abbiamo assaporato il timido piacere di quella nuova felicità che metteva le sue radici.

Maiwenn ha stentato a risalire la china e per molto tempo ha oscillato tra due mondi.

Un tardo pomeriggio di maggio, mentre camminavamo sul marciapiede verso la scuola di Bérénice, una grande monovolume bianca ci ha sorpassate, prima di fermarsi in un parcheggio deserto. Ne è sceso un uomo che si è allontanato a grandi passi.

Accanto a me Maiwenn si è come paralizzata.

L'ho sentita mettersi a tremare contro la mia spalla. Ha aperto la bocca, ma non ne è uscito alcun suono. Volevo parlarle, rassicurarla, quand'ecco che lei ha fatto un passo, poi un altro, e a un tratto si è lanciata in avanti.

Ha tirato un calcio e lo specchietto retrovisore della monovolume è esploso. Ha fatto un giro attorno all'auto, ha fatto a pezzi l'antenna, e poi anche il secondo specchietto retrovisore ha subìto la stessa sorte.

Io l'avevo seguita e morivo dalla voglia di partecipare al suo atto di distruzione, al suo atto di ricostruzione, ma quel piacere doveva restare tutto suo. Mi sono accontentata di porgerle una grossa pietra, raccolta dal ciglio della strada. Al primo colpo il parabrezza si è crepato; al secondo è andato in frantumi sui sedili e sul cofano, mentre l'allarme si è messo a suonare. Prima che spuntasse il lampeggiante di una sirena, Maiwenn ha avuto il tempo di fracassare il lunotto posteriore e tutti i finestrini di un lato.

Con un gran sorriso gioioso in faccia ci siamo ritrovate al posto di polizia.

Non ci siamo rimaste molto. Contattato per telefono, Jean-Claude ha dichiarato alla polizia che non sporgeva querela e che non ci portava rancore per le nostre azioni.

Pervertito, immorale e vigliacco! Quando papà è venuto a prendermi (è d'obbligo con i minorenni) si è trovato davanti un ispettore sbalordito ma conciliante, che non aveva nessun elemento a nostro carico.

I miei genitori la sapevano lunga sul calvario di Maiwenn. In macchina non c'è stato nessun commento, nessuna critica. E, una volta a casa, papà si è limitato ad aprire una bottiglia di champagne.

Alla maturità sono stata bocciata.

Con mio grande sollievo.

Non potevo reimparare a vivere e insieme ripassare delle lezioni che trovavo bizzarramente sfasate. Inaccessibili nella loro ingenua semplicità. Non potevo neppure immaginare me stessa in un luogo che non fosse la mia famiglia e sapevo che mi ci sarebbe voluto del tempo, molto tempo, prima di accettare l'idea di andarmene a studiare lontano da casa.

«Ti avevo detto di non presentarti all'esame» ha commentato papà. «Saremmo potuti andare al mare prima che si riempisse di turisti...»

Anche Maiwenn è stata bocciata e, checché ne dica, penso che l'abbia fatto apposta. Come me, anche lei gestisce le sue fragilità. La sua chioma da leonessa è ricresciuta, la sua andatura è ritornata flessuosa e sensuale, ma io so che dentro di lei c'è ancora il deserto.

Anche lei ha bisogno di tempo. Molto tempo.

Non sono tornata al mio peso di partenza. Proprio no.

Per me mangiare è ancora una prova e probabilmente lo resterà a lungo. Forse per sempre. È una lotta quotidiana la mia, ma ho ricominciato ad avere fiducia nel suo esito.

Sorveglio i miei passi. Qualche volta, di notte, sogno di camminare di nuovo per quella strada buia, e anche se mi risveglio tutta sudata so che, durante quell'incubo, non ho provato soltanto paura. Qualcosa ancora mi affascina.

Lo stesso fascino che mi fa voltare quando per la strada incrocio una ragazza un po' troppo magra. Mi si forma un nodo alla gola, le mani si mettono a tremare e ho una disperata voglia di seguirla...

Per il momento resisto.

Guardatevi dalle strade buie.

Indice

PROVA D'ACQUISTO
978-88-04-65462-9
Leggera come i sogni